朝日歌壇

2023

馬場あき子
佐佐木幸綱
高野公彦
永田和宏
選

目次

装幀・版画　原田維夫
題印　三田秀泉

年間秀歌と「朝日歌壇賞」受賞作品・評

（◎は「朝日歌壇賞」受賞作品。作者名下の数字は掲載ページ）

【馬場あき子選】　年間秀歌

カタールの陽光溢れる会場とローソクの灯のキーウのシェルター　（三鷹市）山縣　駿介　一八

セーターに頭をもぐらせてくる子「ケンタウロスになろう」と言いて　（奈良市）山添　聖子　二一

保育園独り泣きをる孫の手に人形持たす一歳の友　（宝塚市）中西久美子　五三

生きがたき世の中なれど今年またつばめが日本にやって来ました　（蓮田市）斎藤　哲哉　七九

石垣の無口なタクシー運転手指さす先に新設の基地　（枚方市）細美　哲雄　九八

夏の日の疲労こんぱいの海この海にまもなく混じる「処理水」のこと　（水戸市）中原千絵子　一三〇

熱中症アラート5日目ヘロヘロの私を急かす営業カバン　（富山市）松田　梨子　一四六

◎いつか会う約束交わしこっそりとプールの中で指切りをする　（富士宮市）鍋田　和利　一五二

「カルピス」は内モンゴルがルーツとは知らずに飲んでた初恋の味　（茅ヶ崎市）藤原　安美　一七五

秋の日や荒川沿いの遊歩道子亀一匹センターを行く　（戸田市）蜂巣　厚子　一八一

生きがたき世を生きる歌

馬場あき子

二〇二三年は、コロナの感染状況が見直され、五類感染症と位置づけられた。一方国民のくらしは円安、物価高が進み逼迫《ひっぱく》感が生まれ、支援していたウクライナの反転攻勢も思うようにいかぬ状況の中、秋十月にはパレスチナとイスラエルの間に激烈な闘争が勃発した。朝日歌壇の詠歌にもこうした時代の気分がさまざまなかたちで投影されている。

選んだ十首をみてみよう。山縣駿介さんは二〇二二年十一月にカタールで行なわれたサッカーW杯での光に満ちた光景の対極に、キーウのシェルターでくらす人々のローソクの灯を思い、戦争の非人間性を訴える。また山添聖子さんは育ち盛りの息子が半人半馬のケンタウロスの神話に関心をもち、お母さんのセーターのうしろに頭をもぐらせてくる。母子の戯れに心あたたまる場面だ。

また中西久美子さんは、保育園での一歳どうしの友情に心温まる刺戟を受けた。そして斎藤哲哉さんは今日の「生きがたき」実感を抱く日本に、変らずやってきた燕に心を慰める。そして細美哲雄さんは、沖縄の旅の中でタクシー運転手の指の先に生まれた新しい軍事基地を見、無言の感慨にふけるほかない。

中原千絵子さんは原子力発電所の建屋内にある放射性物質を含む水について、安全基準を満たしたとして海に放出することへの懸念をうたう。松田梨子さんは幼時からの投稿者の成長の姿をみせ、熱中症アラートの鳴る酷暑の中に営業カバンを抱えて出てゆく。

そして私が年間賞にえらんだのは鍋田和利さん。歌柄から青春のすばらしさを感取したが、実は御年配の方だった。それでも歌柄は青春。いいではないか。つづいて藤原安美さんの歌によってカルピス初恋の味のルーツを知り新鮮だった。そして蜂巣厚子さんは荒川沿いの遊歩道で、人間以上に堂々と美しい亀に会う。クローズアップされて永遠に生きるだろう亀である。

さまざまな歌の場に感動を重ねて読む幸いを感じた。

【佐佐木幸綱選】　年間秀歌

いつまでも上司のごとく命ずるな妻になじられ後ずさりする
（東京都）松本　秀男　五七

踏みしめて朝の山道ゆくときに横切る春の蛇みずみずし
（横浜市）黒坂　明也　一〇二

吾子の日々知らねど藤井七冠の十時と三時のおやつ知る夫
（本巣市）青木　鈴子　一一八

雨やんできらめく街よ群れ歩く鳩らの胸のみどりむらさき
（東京都）山下　征治　一二四

知る事は引き受ける事小説を読めば始まる大江ワールド
（筑紫野市）二宮　正博　一三七

◎もういない爺さんの笑う声がする祖母の居室に陣どる鸚鵡《おうむ》
（スイス）岸本真理子　一六九

職業は介護従事者職場では全員マスク目力が要る
（横浜市）桑田よし子　一七二

兜虫の幼虫焼いて食べていた進叔父さんの時代来たれり
（佐世保市）鴨川　富子　一八二

鰯雲朱《あけ》に染まりて若狭湾上空一面祭りの如し
（舞鶴市）吉富　憲治　一八八

ガザをうつすテレビは無臭　戦争は無臭ではない、無臭ではない
（川崎市）小暮　里紗　二一一

映像をうたう難しさ

佐佐木幸綱

新型コロナはなんとか収まったようですが、昨年からつづくロシアのウクライナへの軍事侵攻がまだおさまらないうちに、十月に、イスラエルとハマスが戦争に発展し、以降、毎日のように、二つの戦争の戦況の報道が続きました。当然のこと、「朝日歌壇」には毎週二つの戦争にかかわる作が多く寄せられました。なんとか戦争の歌を採りたいと思うのですが、なかなか採れない。映像に取材することの難しさを痛感していたところ十二月も末になって次の歌に出あいました。

ガザをうつすテレビは無臭　戦争は無臭ではない、無臭ではない　　小暮　里紗

映像が歌になりにくい根本のところをずばりと表現した一首と思います。

三月に他界した大江健三郎さん追悼の歌が数多く寄せられました。氏の小説の愛読者の多さがしのばれます。

知る事は引き受ける事小説を読めば始まる大江ワールド　　二宮　正博

この作は八月に掲載された一首ですが、ずいぶん日が経ってからも大江健三郎追悼の作が寄せられました。

もういない爺さんの笑う声がする祖母の居室に陣どる鸚鵡《おうむ》　　岸本真理子

「年間賞」に推した一首です。祖母の部屋に「陣取る鸚鵡」の存在感に圧倒される思いがしました。

あと、ユーモアの歌にすぐれた歌が多かったように思います。家族をうたったユーモアの歌を引用しておきましょう。

いつまでも上司のごとく命ずるな妻になじられ後ずさりする　　松本　秀男

吾子の日々知らねど藤井七冠の十時と三時のおやつ知る夫　　青木　鈴子

【高野公彦選】　年間秀歌

鹿狩りのドローンが飛んでふと思う戦争の事ウクライナの事
（新潟県）涌井　武徳　四三

国を越え攻めることせぬウクライナ専守防衛のすがたを見たり
（宇陀市）赤井　友洸　五五

パンダ舎に列成《な》し涙ぐむ人のニュースの後のバフムト攻防
（五所川原市）戸沢大二郎　六四

◎首脳らは悲痛な面《おも》で歩み出る原爆資料館のＥｘｉｔ
（出雲市）塩田　直也　一〇九

夜九時の帰宅かなはぬ教師の婿はや六時には家を出でゆく
（前橋市）和田　明　一一九

理不尽な暑さお小言スケジュールほぼ吹き飛ばす母のナポリタン
（富山市）松田　梨子　一四一

長生きをするもどうかと思う世の夕餉《ゆうげ》に減塩醤油を使う
（東京都）加藤　将史　一五一

十月の雨に学徒の出陣を見しや外苑の樹木危うし
（中央市）前田　良一　一七三

あちこちの壁に当たりて向き変えるルンバのごとき総理の施策
（観音寺市）篠原　俊則　一八九

発声の練習になりそうな名の楓《かえで》蘇芳染《すおうぞめ》螺鈿《らでんの》槽《そうの》琵琶《びわ》
（奈良市）山添　聖子　一九九

多種多様な成果を生む

高野公彦

二〇二三年は、前年から続くロシア軍のウクライナ侵攻が終わる気配を見せず、また十月にはパレスチナ自治区ガザ地区のイスラム組織ハマスとイスラエルの間で戦乱が起き、今なお続いている。国内では、新型コロナ感染症の法律上の位置づけが「5類」に移行した。また大リーガーの大谷翔平、将棋の藤井聡太、この二人の活躍が明るい話題となった。一方で、岸田首相の言動に対する疑念や、政治資金パーティーに対する疑惑などで、自民党政府への不信感が強まった年でもあった。朝日歌壇にもこれらの出来事に関する歌や、また日常詠などさまざまな歌が寄せられ、多種多様な成果を生んだ。

涌井武徳さんの作は、鹿狩りで利用するドローンが戦地では殺《さつ》戮《りく》の道具として使われていることを憂えている。赤井友洸さんは、専守防衛のウクライナを讃える歌である。戸沢大二郎さんは、上野動物園からパンダがいなくなることを悲しむ人々を見て、もっと悲しむべきことがあるのでは、と疑問を投げかける。

首脳らは悲痛な面で歩み出る原爆資料館のＥｘｉｔ　塩田　直也

年間賞に選んだ作。五月、広島市で主要7カ国首脳会議（G7サミット）が開かれ、そのおり首脳たちは揃《そろ》って原爆資料館を訪問した。塩田さんは、資料館を出てくる首脳たちの「悲痛な面」を逃さず描くことで、原爆の悲惨さをみごとに伝えている。

和田明さんは教師の仕事の苛酷さを浮き彫りにし、松田梨子さんは夏の酷暑と仕事の厳しさをユーモラスにうたう。加藤将史さんも、ユーモアを交えて老いを詠んでいる。前田良一さんは、神宮外苑の開発計画に疑問を呈している。篠原俊則さんは、年間掲載歌の数がトップクラスの実力者で、これはユーモラスな岸田批判だ。山添聖子さんは、正倉院展の会場で宝物を見ながら、その名前の複雑な面白さに注目したのが新鮮である。

【永田和宏選】　年間秀歌

ばかやろうこんちくしょうの人でなし遺影の夫に呟いてみる
（春日部市）横手　智恵　四九

落ちたるペン車椅子より拾い得ず妻の帰りを待つ冬の午後
（和泉市）長尾　幹也　四九

赤本の問題文の物語続きを探しに春の書店へ
（奈良市）山添　葵　六八

デニソワもネアンデルタールも皆消えたホモ・サピエンスは自ら崖に
（福島県）添田　敏夫　一〇〇

核ボタン運ぶ鞄も来日す目立たぬやうに被爆の地へと
（西条市）村上　敏之　一一〇

「堪《た》えがたきを」と「堪え」の間の八分《はちぶ》休符《きゅうふ》今年も聞いた終戦の詔勅
（岡崎市）兼松　正直　一四八

「一定」とは何を指すらむ「一定の理解を得た」と流す処理水
（長井市）大竹紀美恵　一五八

いろいろとあるよねと言ういろいろを訊かず四人は二度目の乾杯
（松阪市）こやまはつみ　一六四

まだ書けぬ己が名腕に記さるるをガザの幼はみつめておりぬ
（中津市）瀬口　美子　一九三

◎どっちみちどちらかひとりがのこるけどどちらにしてもひとりはひとり
（豊中市）夏秋　淳子　二〇三

大切と思うものを持続的に詠う

永田和宏

ウクライナ戦争が長期化している最中に、今度はハマスとイスラエルの戦争（これもやはり戦争と呼ぶべきだろう）が始まった。どちらも現段階で、いつ終わるとも予想のつかない情勢である。

朝日歌壇は他の新聞歌壇に較べて、社会、世界への関心がずば抜けて高いというのが特徴である。身の回りの日常の地続きの場で、私たちの日常の一部と決して無関係ではない社会へ、常に視線を向けていることは大切なことである。私たち庶民の一人ひとりが、いつも社会へ、世界へ目を向け続けることが、この国を誤った方向へ導かないための第一歩である。

一方で、ニュースになった事件なら、なんでも詠ってしまうという態度には、私は若干懐疑的なところも持っている。戦争も政治的スキャンダルも、素材としてなら、いかようにも詠うことができよう。しかし、それを詠う作者の側の必然を感じられない歌には魅力を感じることができない。次々とニュースを追っかけるのではなく、自分が大切と思ったものを持続的に詠うという態度も大切であろう。

年間賞に採った夏秋淳子さんは、亡くした夫を繰り返し詠ってきたが、どこか箴言《しんげん》風の一首には同感する人も多いだろう。夫婦となった時から、結局は「どちらかひとり」が残ることになるのは避けられない。あなたにこんな寂しさを味わわせなくてよかったわ、とでも言っているかのような優しさが感じられる。

難病での闘病をいつも案じている長尾幹也さんは、パソコンも打てないという不自由な生活であるにも拘《かか》わらず、投稿を続けておられる。心して読ませていただいているし、久しぶりに投稿のあった郷隼人さんの歌には読者の皆さんとともに安心したものだ。山添姉弟の歌には、それぞれの成長の軌跡がくっきりとあらわれ、これも読むのを楽しみにしているのは多くの読者と同じである。朝日歌壇は、まさに共同体、仲間でもある。

新春詠

夕さり

馬場あき子

夕さりの短檠《たんけい》の灯のしづかにも澄めるを見つつ更くる夜のあり　＊「夕さり」は茶事の名

仕事終へて海より上る月を見ぬさびしき国をいさよへる月

正月の酒

佐佐木幸綱

朝酒を酌みつつ見おり樹に吊れる餌皿につどう冬の雀を

二十羽いや三十羽ほどいるだろう今朝も来ているおしゃべり雀

湖西のさざ波

高野　公彦

街川に街の灯《ひ》映り年の夜のこの静けさよ戦禍遥けく

初空のひかりに思ふさざ波の寄する湖西《こせい》の砂浜の燦《さん》

猫のゐる暮らし

永田　和宏

早く起きろ、飯だ飯だ、とわが胸に乗りて騒げる猫のゐる暮らし

抱かれるのがきらひで外に出たがつてトムは小学四年生なり

朝日歌壇　二〇二三年

【高野公彦選】　一月八日

☆暗き部屋に老女が独り寒いの、と震えておりぬ　これが戦争
（松戸市）遠山絢子

湯たんぽにお湯入れ思うウクライナの冬寒かろうな辛かろうな
（福島市）美原凍子

「人は皆必ず死ぬ」とプーチンが戦死の兵の母に言いたり
（観音寺市）篠原俊則

ぎりぎりのゴールラインで蹴り返す三笘薫の〈ブラボー〉な足
（安中市）鬼形輝雄

アディショナルタイムは七分　ついに家事あきらめて見るスペイン戦を
（彦根市）今村佳子

ＰＫが明暗分ける残酷さそれまでの苦闘無きかの如く
（三鷹市）山縣駿介

ふと時が入れ子細工になっていく教え子の子を教える教室
（可児市）前川泰信

新しい目標ができたいつの日か自分で愛車のタイヤ交換
（富山市）松田梨子

庭隅のバードテーブルに雀群れわが家のテーブルは吾一人
（北海道）小松祥一

ハロウィンが終わってすぐにツリー立つどこへ行ったか日本の秋
（土岐市）小林智子

評　一首目と二首目、ウクライナの人々の窮状を思う歌。三首目、冷酷無比なロシアの元首の言葉。四首目～六首目、サッカーＷ杯は日本中を大いに沸かせた。強いドイツ、スペインに勝ち、その後惜しくもＰＫ戦で敗れたが。

（☆は二人以上の共選作）

【永田和宏選】　一月八日

幾人が拘束さるる罰さるるかの国なれば今朝の歌壇は
（松山市）宇和上　正

山茶花の日和に翳のあるごとく花弁を揺らしはらはらと散る
（山梨県）笠井　彰

枇杷の花窓に盛りて方丈は掛け軸読めず陰翳また佳《よ》し
（朝霞市）青垣　進

雪ふぶく宗谷岬の怒濤聞くかくも近きか隣国ロシア
（仙台市）沼沢　修

☆カタールの陽光溢れる会場とローソクの灯のキーウのシエルター
（三鷹市）山縣駿介

☆暗き部屋に老女が独り寒いの、と震えておりぬ　これが戦争
（松戸市）遠山絢子

日本が盾で米国が矛という役割分担初めて知りぬ
（江別市）成田　強

のら猫は我が家の子となり愛されて六つの季節を過ごして逝った
（鶴岡市）宮野ゆき

事故検分終へて十日の農道にチョーク痕消えぬ村のしづもり
（西条市）村上敏之

サンタさんは鍵屋じゃないと入れない姉の疑問にうなずく弟
（福岡市）藤掛博子

評　宇和上さん、「かの国」では朝日歌壇など格好の餌食になるだろう。でも心配無用、まず選者が拘束される筈《はず》。笠井さん、青垣さん、谷崎潤一郎『陰翳礼讃《いんえいらいさん》』風に。沼沢さん、現地に立つことで実感される隣国という意識、ロシアの近さ。

【馬場あき子選】　一月八日

百日を耐えれば春はまた来ると我を励ますウクライナの人　（五所川原市）戸沢大二郎

☆カタールの陽光溢れる会場とローソクの灯のキーウのシェルター　（三鷹市）山縣駿介

「人は死ぬ」と病死事故死もあるけれど戦死はあんたのせいだプーチン　（茨城県）樫村好則

心病む子の精いっぱいの「おはよう」に光溢れぬ露おく窓辺　（京都市）川端　緋

歳古れば贋の乳房の重たくてリボンを掛けて断捨離をする　（高崎市）烏山みなみ

楽しかったことはいっぱいあったのになんでさよならばかり歌になる　（筑後市）近藤史紀

わが病状進まずに春には出会はんとチューリップ八つに土をかけやる　（姶良市）北村あゆち

言いたげに吾に手を触れじっと見る話せたらいいね膝の老猫　（小金井市）佐藤ひろ子

水辺にて鴨と語らう安らぎは老いと病の贈り物なり　（中津市）瀬口美子

おしどり夫婦だったか今は亡き父の遺影の埃拭いている母　（西東京市）濱田朝子

評　第一首は根気よく粘り強いウクライナ人の精神を感じさせる言葉に励まされる思い。第四句は映像でみて励まされたのか。第二首のW杯会場のカタールの陽光と賑《にぎ》わいに対照されたキーウの現実。これをどう見る、と言いたげだ。

【佐佐木幸綱選】　一月八日

廃線と決まり賑わう留萌駅諦めの中汽車が無くなる　（留萌市）江畠幸枝

霧深い三次の街で友と逢う浮かび出る影変わらない声　（出雲市）塩田直也

ゴールならず選手のひとり地に伏してその悔しさを世界に見せたり　（伊賀市）秋田彦子

婆様が冬の夜鍋に細き針へ糸通すごときシュートに出合ふ　（坂戸市）納谷香代子

雪を呼び雪にかがやく青森の善知鳥《うとう》神社の冬紅葉佳し　（相馬市）根岸浩一

縄飛びもお手玉も遊びにはみな歌がついてゐた昭和の遊び　（川崎市）宇藤順子

またひとつ高層ビルが建ち上がり街はますます無口になりぬ　（川崎市）新井美千代

境内に残る大きな切り株にごくろうさまと風通り過ぐ　（岐阜市）後藤　進

ＡＩの自動音声水分を持たざる声がニュースを伝ふ　（大網白里市）川島薫子

冬タイヤ交換済みかをチェックする山の学校の教頭忙《せわ》し　（酒田市）朝岡　剛

評　第一首、北海道の留萌線の段階的廃止が決定した。「諦めの中」に地元の人たちの思いが読める。第二首、霧の深さと濃さを表現して印象的。第三、第四首、W杯サッカー、日本頑張れの歌が多かった中で、映像そのものに取材した二首。

【永田和宏選】　一月十五日

「意識あるうちに」と面会許可されて母よあなたを抱きしめにいく
（金沢市）太田清美

腕を吊る兵にやさしくとカーディガン産みしは遠きクリミア戦争
（大和郡山市）四方　護

パタパタとドミノは粘り倒れゆく行きつくボスの倒れるまでは
（安曇野市）望月信幸

ちかぢかに来るべきものが来るようなそんな気がするプーチンの顔
（名古屋市）小林有三

小春日の余りのやうな昼だから少し遠いが本屋へ寄ろう
（茨木市）瀬川幸子

登山路のぐみの木下に憩うときわが視野に君をさりげなく置く
（光市）永井すず恵

もの言わず泣かずおめかかず死にてゆく哀れ金魚は泡を吐きたり
（東京都）野上　卓

もう一度月に降りるということがあるなら国旗は立てないでくれ
（大津市）佐々木敦史

赤黒き月を見上げた翌日に弟は逝きぬ月を見ぬまま
（箕面市）北野　健

最後まで諦めるなよ君たちも共通テスト「三笘の一ミリ」
（出雲市）塩田直也

評　太田さん、コロナ禍で面会もままならぬ母へ最後の面会。下句の直接表現がいい。四方さん、負傷兵のためにカーディガン伯爵が考案したのだとか。望月さん、責任の重さと言うだけで責任を取らぬ政権。小林さん、怖ろしい予感。

【馬場あき子選】　一月十五日

セーターに頭をもぐらせてくる子「ケンタウロスになろう」と言いて　（奈良市）山添聖子

原油高船員不足温暖化気嵐《けあらし》裂いて漁船が進む　（気仙沼市）及川睦美

チョモランマよりも高き処に行かれけり山を愛した来嶋靖生氏　（水戸市）中原千絵子

背嚢《はいのう》の嚢という字のなやましさ、負うて走りき、匍《は》いもしたりき　（我孫子市）松村幸一

敵の基地攻撃するを思ふ時戦争はすでに始まつてゐる　（長野県）千葉俊彦

真珠湾攻撃の日に防衛費のための増税総理は決める　（観音寺市）篠原俊則

手を伸ばし武器無きを示すが握手とふ人はいつから武器を見せゆく　（牛久市）高木美鈴

一年を「戦」で総括することに試されている地球の我ら　（札幌市）住吉和歌子

ケータイの一番上に息子の名消すことできず今日七回忌　（習志野市）土岐恭子

駅ピアノ仕事帰りの若者が二人して弾くジャズの音愉し　（各務原市）秋田房子

評　第一首は母と子の愉しげなひととき。半人半馬のケンタウロス遊びをしかけるいたずらっ子の甘えが愛《いと》しい。第二首の気嵐は海から立つ霧。昨今の悪条件下に健闘する漁船の勇姿。第三首の来嶋氏、山の歌を多く残した。二〇二二年十二月に逝去。

【佐佐木幸綱選】　一月十五日

日に月に高層建築積み上がり空が四角く切り取られゆく
（さいたま市）丸山政江

☆三年ぶりの町内会の落ち葉掃きみんな待ってたこんな日常
（つくば市）山瀬佳代子

積む雪の重さを知っている枝がここを吊るせと教えてくれる
（上越市）藤田健男

浜松町貿易センタービル解体音は出さずに静かに凹む
（川崎市）藤田洋三

富山湾荒らしてた海胆《うに》に果物を与え育てる養殖技術
（石川県）瀧上裕幸

前山がべた黒となる午後三時彫りを深める白き連山
（松本市）馬木和彦

遠景とみていし養老山脈が起伏もくっきり迫る晴れた日
（岐阜県）箕輪富美子

午後五時に「エーデルワイス」が聞こえ来る雪の間《あわい》の村の有線
（五所川原市）戸沢大二郎

病棟の夜の鏡に振り向く顔はびっくりしている生きてる私
（名古屋市）冨永まさみ

その昔母の名「リン」を笑ったが今では人気の名前になったよ
（戸田市）椎橋重雄

評　第一首、見上げる空が日ごと月ごとに四角く切り取られてゆくという感覚、鋭い。第二首、みなで落葉を掃く、そんな日常が待たれていた驚き。第三首、雪吊りである。木たちが吊る位置を指示してくれるという。なるほど。

【高野公彦選】　一月十五日

マンホールの蓋《ふた》にも花鳥は刻まれてかかる日本をひそかに愛せり
（京都市）前川宙輝

図書館の窓に蔦の葉紅かりりきリルケが吾に歩み寄りし日
（羽村市）竹田元子

散髪のポンチョ剝ぎ取るこの一瞬わたくしがまたリセットされる
（寝屋川市）今西富幸

虐待の加害者の顔鬼でなくかわいい保育士なのがより怖い
（東京都）上田結香

「ブラボー」と「俺のコース」と「一ミリ」に勇気をもらう寝不足の朝
（相模原市）石井裕乃

40年を根拠なく70年に　ならば議事堂前に原発を
（京都市）森谷弘志

民意よりアメリカ政府の要求で決まった気がする軍事費増加
（前橋市）松村　蔚

応援に会釈を返す子もおりぬ三年ぶりのマラソン大会
（奈良市）山添聖子

☆三年ぶりの町内会の落ち葉掃きみんな待ってたこんな日常
（つくば市）山瀬佳代子

評

一首目、マンホールの蓋にも花鳥をデザインする日本人の優しい感性。二首目、リルケの作品に惹《ひ》かれて図書館に通った日の思い出。下句の言い方が面白い。三首目、たしかに男性は理髪店でさっぱりすることが多い。

【馬場あき子選】　一月二十二日

トロフィーを子猫のようになでているメッシの髭《ひげ》と小さなエクボ
（小平市）北川泰三

荒れ果てし壁バンクシーの少年も雪を被りてウクライナは冬
（五所川原市）戸沢大二郎

ラルースのことばを愛す歌びとは短歌の種を蒔《ま》きつつ逝きぬ
（長崎県）稲垣妙子

クリスマス兵士の肩に銃に降る雪の悲しさ雪の重たさ
（福島市）美原凍子

初霜の大仏池の溜り場へ群れくる鹿の息のかがやき
（奈良市）宮田昌子

叶えたい夢のリストを書き記す50代の母20代のわれ
（富山市）松田わこ

二千年前の変はらぬ顔をして地上絵の猫こちらを見てる
（茨木市）瀬川幸子

向寒の熊野灘面をしぶきつつ鰯追ひあげ稚鰤《わらさ》暴るる
（熊野市）波戸与七

猪通るための小径に隠す罠《わな》仕掛くる背に雪降り止まず
（霧島市）内村としお

高層のビルの無ければ街並の何故か懐かし倫敦《ロンドン》に来て
（川越市）吉川清子

評

第一首は昨年のW杯で優勝したアルゼンチンのメッシ選手の歓喜の表情。トロフィーを撫でる手、エクボなど巧みに捉えた。第二首のバンクシーの柔道少年の絵、ウクライナに健在。第三首は二〇二二年暮れに亡くなった篠弘さんへの哀悼。

【佐佐木幸綱選】　一月二十二日

☆板書よりパワポ画面を望まれて令和の授業は十人一色《ひといろ》
（ふじみ野市）片野里名子

「喜」も「楽」もほんとはあったはずなのに「怒」「哀」がずしりと介護一年
（千葉県）前橋典子

宗教の代はりに酒があるんだと言ふ人もゐて路地裏酒場
（東京都）加藤将史

酒盛りは武術の如く修行なり礼にて始まり礼にて終わる
（三郷市）木村義熙

這《は》ってでも会社に来いと教えられそして教えき酒飲みながら
（海南市）樋口　勉

図書館のリサイクル棚にミャンマーの抵抗の詩あり抱きて帰る
（東京都）十亀弘史

「男だろ」「女のくせに」の意識見え「坊守」「住職」試される吾ら
（三鷹市）山縣駿介

月一度画面にだけの妻の顔いつまでつづくZOOM面会
（吹田市）船越一英

感動は〈する〉もの勇気は〈もつ〉もので〈もらう〉ものではない筈なのに
（札幌市）田巻成男

☆「残すべき歌論」を手にし見開けばサインの篠の竹かんむり美《は》し
（大和郡山市）四方　護

評

第一首、高校か、中学かもしれない。パワポ使用がほとんどになり、教員が黒板に字を書くことがなくなってしまったらしい。下句の批評、鋭い。第十首、二〇二二年十二月十二日に逝去された篠弘氏追悼の作が今週は数多くあった。

【高野公彦選】　一月二十二日

漆黒のウクライナの上煌々とモスクワの灯あり衛星写真に
（諫早市）藤山増昭

冬天の無数の星を観ておもふ戦する星唯一地球
（埼玉県）酒井忠正

「平和への貢献」と言いバイデンは防衛強化の日本を褒める
（観音寺市）篠原俊則

祖父宅で合宿みっちり二日間祖母にスマホのトリセツコーチ
（富山市）松田わこ

☆板書よりパワポ画面を望まれて令和の授業は十人一色
（ふじみ野市）片野里名子

手のひらの「ネットの魔海」に日々溺れ情報津波に心は孤立
（八幡浜市）木村　瞳

寝る前は流星群が見当たらず起きて配達しながら見つける
（甲州市）麻生　孝

旧姓で呼ばれることもなくなりて私を生きし日々の遥けし
（アメリカ）中條喜美子

二歳には二歳サイズの悲しみがあって火が点いたように泣いている
（東京都）白竜千恵子

中休み校長室で絵手紙を描きます枝と葉付きのみかん
（奈良市）山添　葵

評　一首目、衛星写真に写った、余りにも鮮やかな明暗の差。二首目、確かに人類は宇宙の困り者。三首目、日本の宰相が米国にすり寄ったのですね。四首目、若い人が高齢者にスマホ操作の手ほどき。今後さらに増えるかも。

【永田和宏選】　一月二十二日

☆「残すべき歌論」を手にし見開けばサインの篠の竹かんむり美し
（大和郡山市）四方　護

人間は一度は死ぬが戦場で犬死《いぬじに》だけはさせないと母
（西海市）前田一揆

メンタームとメンソレータムを比較せり木枯らしの吹く琵琶湖の畔《ほとり》
（富士市）村松敦視

いま払うあとで払うの違いなり増税国債五十歩百歩
（東京都）河野行博

あれだけの地獄を語るヒバクシャの声おだやかであるが尊し
（アメリカ）大竹幾久子

外套のポケットの穴はそのままに落としたものは何だったろう
（オランダ）モーレンカンプふゆこ

試験なら0点なれど闇に問ふ白紙であれば光とならむ
（諫早市）藤山増昭

先生は寒い診察室のなか聴診器の先手で温めた
（つくば市）小林浦波

さびしさが心の奥に下りてくる中禅寺湖の濃霧のやうに
（東京都）山下征治

初めてのみどりご妻より受くるごとくメッシはワールドカップを抱けり
（観音寺市）篠原俊則

評　四方さん、本のサインを見て先頃亡くなった篠弘氏を偲《しの》ぶ。前田さん、プーチンは人は一度は死ぬのだからと言ったが、戦場で犬死だけはさせまいとは世の母のすべての思うところ。村松さん、琵琶湖の畔、近江兄弟社のメンターム。

【佐佐木幸綱選】　一月二十九日

山茶花の散る年の瀬に戦争へ急に舵切る岸田政権
（小牧市）白沢英生

次に来ること徴兵かもしれず思いもよらぬほどの急変
（東京都）中澤隆吉

原発は可能の限り低減と言ひしが今は増設を言ふ
（前橋市）荻原葉月

どしどしと踏み込んで行く防護服十一万羽を焼かねばならぬ
（水戸市）檜山佳与子

☆殺処分終えし鶏舎に静けさと白き轍《わだち》のくきやかにあり
（観音寺市）篠原俊則

虐待は背後に多忙ありと言う保母の言いわけ子には通じず
（加古川市）兵藤新太郎

野焼きするたびに通報されし人野菜作りをやめてしまいぬ
（安中市）岡本千恵子

名案が浮かんだように街灯がパッと点きたる夕暮れの道
（横浜市）山田知明

住職が薬缶に熱湯運び来て凍てし墓あけ納骨終る
（宝塚市）寺本節子

病室の壁に掛かれる絵画にて雪積む街に並ぶ裸木
（和泉市）長尾幹也

評　第一、第二首、防衛力の抜本的強化をはかるとする閣議決定が慌ただしくなされ、それに関わる作が今週は多くあった。第三〜第五首、原発政策の見直し、大量の鶏の殺処分等、ショッキングなニュースの歌もたくさんあった。

【高野公彦選】　一月二十九日

窓拭けば目白《めじろ》、四十雀《しじゅうから》そこに居て我ら生物多様性の友
（相模原市）石井裕乃

百人一首最高齢とて読まされてデイサービスの春はじまりぬ
（我孫子市）松村幸一

三家族の五台のパソコン片づけてテーブル掛けして節料理おく
（アメリカ）大竹幾久子

耳遠き老いの二人の新年は禅問答のごとく始まる
（西之表市）島田紘一

基礎工事終わり娘はキッチンになるはずの場所で料理のしぐさ
（稲沢市）山田真人

鶏の声が耳から離れぬと処分を終えし男が泣けり
（観音寺市）篠原俊則

「なぜ原発推進ですか、あたしまだ避難中です」フクシマのひと
（埼玉県）大久保知代子

手紙とはゆつたりとしたたましひの手渡しであるデジタルの世に
（横浜市）滝　妙子

改札を出てちょっと寄るたのしみのなじみの小さき書肆《しょし》の消えたり
（三浦市）秦　孝浩

おすすめのインド映画を聞いている次会うまでの宿題として
（吹田市）赤松みなみ

評　一首目、戦争や感染症がなければ地球で暮らすのはこんなに楽しい。二首目～四首目、人それぞれの新年。五首目、新居を思い浮かべて娘さんは楽しそう。六首目、殺処分を終えた男性が、自分のした作業の非情さにおののく。

【永田和宏選】　一月二十九日

双葉町の帰還かなはぬ屋内にのこる暦は前の卯の年
（埼玉県）酒井忠正

如何《いか》に生き如何に死ぬかの死に方で盛り上がるのが団塊世代
（筑紫野市）二宮正博

御召《おめし》列車僕視たけど眼《め》潰れへん友囁いた小学生の頃
（大阪市）由良英俊

入口を君は探していたんだね僕は出口を探していたんだ
（長崎市）牧野弘志

渋滞の先頭はただ闇ならむ雪やまぬ極月の海辺の町
（京都市）森谷弘志

薄着して説く勝ち組と着ぶくれて聞く負け組や節電の冬
（中津市）瀬口美子

ひとりづつ処刑さるるを見る心地ＰＫ戦て何と酷なる
（名古屋市）三好ゆふ

痛いとは生きてゐること死にたれば痛いはず痛いと言へず
（東京都）庭野治男

産院の娘《こ》と孫に会えず　左から五番目の灯《あかり》の影を眺める
（稲沢市）山田真人

君のポッケにいつも片手を入れていた暖かい冬は続かなかった
（東京都）上田結香

評　酒井さん、干支《えと》が一回りしてもなお帰還が叶わない地域がある。忘れてはならない。二宮さん、そうそんなことが切実な話題になる世代だ、私も。由良さん、見たら眼が潰れると先生から言われていた御召列車。怖いもの見たさの快挙！

【馬場あき子選】　一月二十九日

だんだんに小さくなりゆくバゲットを抱きて帰るパリは雪空
（フランス）佐久間尚子

自転車に十五歳《じゅうご》で乗れた友が今、女子駅伝を導く白バイ
（富士市）村松敦視

☆殺処分終えし鶏舎に静けさと白き轍のくきやかにあり
（観音寺市）篠原俊則

車道へと浪打ち上げて鰤起《ぶりおこ》し能登半島を震えあがらす
（石川県）瀧上裕幸

園児らが寄って集《たか》って吾の髪に紅葉を挿して逃げて行くなり
（戸田市）蜂巣厚子

壁にある部位図のままに丁寧にスペイン産の鮪をさばく
（三浦市）秦　孝浩

桃色のベスト着せられしぶしぶと冬の小道を歩く老犬
（仙台市）小野寺寿子

恐らくは餌に慣らされて島梟《しまふくろう》カメラの前に小魚を食う
（和歌山市）吉田　孝

獲りし魚を脚で抑へてゐた鶚《みさご》われに気づきてぶら下げて飛ぶ
（東京都）大村森美

ドローンを無人攻撃機に仕立て殺戮《さつりく》するを進歩と呼べり
（浜松市）松井　恵

評　第一首はパリ在住の作者。やっぱり値上げ。雪空の下で買うバゲットも小さくなっている。第二首は近年駅伝先導などに登用が目立つ女性白バイへの賛歌。第三首はまた広がりはじめた鳥インフルの悲惨のあとの不気味な静寂。

【高野公彦選】　二月五日

戦する智恵はあれども停戦の英知なきまま一年の過ぐ
（亀岡市）保野右内

京橋に勤めていた日もろともにさよなら八重洲ブックセンター
（千葉市）高橋好美

監督の檄は言霊《ことだま》　箱根路の選手の心牽《ひ》いて背を押す
（相模原市）石井裕乃

まず名前次に歌見て評を読み最後は市名で脳内旅行
（横浜市）太田克宏

☆聴こえます底の底ひに固まりて呻《うめ》くデブリの重たき声が
（福島市）美原凍子

☆くじら座の尾ほどの拗《こじ》れ保ちつつ思春期の子はドアの向こうへ
（奈良市）山添聖子

☆冒険が好きか嫌いか福袋買う妹と買わない私
（富山市）松田梨子

寒天に並びて除夜の鐘を撞《つ》く札《ふだ》わが歳の八十五番
（さいたま市）宮入健二郎

最後までたどり着くこと願いつつ10年日記のスタートを切る
（神戸市）石川佳世子

カモノハシがモモンガになってとんでいくはつゆめでしたいいことあるかな
（奈良市）山添聡介

評　一首目、世界中の人がその「英知」を待ち望んでいる。二首目、あの大型書店がいったん営業を終えると聞いた寂しさ。三首目、激励の声が選手の心を牽引《けんいん》し、背中を押す。四首目、朝日歌壇をこんなに楽しむ人がいるのは嬉しい。

【永田和宏選】　二月五日

☆思い出はいらないからと「さよなら」をお釣りのように受け取っている
（河内長野市）平岡章子

☆冒険が好きか嫌いか福袋買う妹と買わない私
（富山市）松田梨子

をさなごに圧倒的好意むけられてむすこは若き叔父ちゃんになる
（名古屋市）吉田周子

ナノ秒のタイムラプスの僕が居る鏡に映る鏡の中に
（枚方市）細美哲雄

先頭を走る学生連合に箱根の風は等しく吹きぬ
（奈良市）山添聖子

明日という日があらぬ日を誰も持つ告げられるのは死刑囚だけ
（大和郡山市）四方　護

他のことはどうでもいいがわが葬儀に掲げておくれと言いたき一首
（和泉市）長尾幹也

ボタン押す人差し指も消毒をするのかミサイル管制室
（草津市）今川貞夫

それぞれに父の記憶を書き換へて兄弟語るそれぞれの父
（刈谷市）馬場泰年

こおらす手エルサはかくす手ぶくろに私は指のアトピーかくす
（成田市）かとうゆみ

評　平岡さん、失恋の痛みを美しく詩に昇華させた。成程《なるほど》、さよならはお釣りか。松田さん、福袋を買う妹の冒険心が羨《うらや》ましくも。吉田さん、若い叔父の照れと張り切りが見えるよう。細美さん、光路長《こうろちょう》の差分だけ遅れて見える僕。

【馬場あき子選】　二月五日

五日振りやうやく電話に応答す治りかけたるオミクロンの声
（長野県）千葉俊彦

人生にタイパを求められている子どもは子どものままでいいのに
（東京都）窪田貴子

☆くじら座の尾ほどの拗れ保ちつつ思春期の子はドアの向こうへ
（奈良市）山添聖子

テレビでは炊出しを待つ人映しすぐに切り替え出国ラッシュ
（秋田市）高橋りか

戦争にて亡くなりし人の墓並ぶ古墳のそばに丘の上まで
（京都市）丹羽夜舟

年末に今年の漢字が「核」の字にならないことをひたすら願う
（市川市）末長正義

☆聴こえます底の底ひに固まりて呻くデブリの重たき声が
（福島市）美原凍子

難病と二十年闘う娘病院じゃないとこへ行きたい
（富士宮市）脇本俊雄

浜に立ち見詰める冬の日本海ごうごうと鳴る拉致されし声
（鳥取市）山本憲二郎

年ごとに寒さ増すなり吟醸の仕込を前に坊主に刈れば
（長野市）原田浩生

評　第一首は息子がコロナの陽性と判明してから五日。見舞いの電話にようやく応答。「治りかけたるオミクロンの声」がおもしろい。第二首のタイパは一定の時間の中での効果。第三首は星のくじら座の形を比喩として可憐《かれん》さを見せた。

【佐佐木幸綱選】　二月五日

正月の島風は子らの笑い声赤子の泣き声乗せて華やぐ
（山口県）庄田順子

新建材とふは部屋の隅まで明るくて陰翳礼讃《いんえいらいさん》の住ひなつかし
（松山市）大塚千晶

寒中の室内プールの窓からは志賀高原の白い山なみ
（長野市）塚田國雄

「どこも悪そうに見えないがなあ」と患者さん閉院のわれを小さく笑う
（長岡市）柳村光寛

☆思い出はいらないからと「さよなら」をお釣りのように受け取っている
（河内長野市）平岡章子

文字のない絵本に物語《ストーリー》つづるごと新雪に吾とキツネの足跡
（恵庭市）五十嵐容子

枡酒《ますざけ》を買ひてそのまま店《たな》で飲む「角打《かくう》ち」と呼ぶ盛切《もっき》り酒を
（東根市）庄司天明

ジャズの音と紫煙の渦の流れ出づせはしく急ぐ師走の街へ
（京都市）丹羽夜舟

一合のお米が土なべいっぱいの七草がゆとなる夕べなり
（仙台市）小室寿子

沢庵の二十キロ余を漬け込みぬ美味くなれなれ正月近し
（埼玉県）市川和江

評

第一首、正月で多くの家族が帰省したのだろう。ふだんとちがって子供の声、赤ちゃんの声をのせて吹く島風。第二首、『陰翳礼讃』は古い日本の美を論じた谷崎潤一郎の随筆。第三首、室内プールから見る雪山が新鮮。

【永田和宏選】　二月十二日

お互いに兵士は死ねど子どもらが死んでゆくのはウクライナばかり
（五所川原市）戸沢大二郎

手土産が軍備拡大わが国の首相訪米歓待受ける
（大和郡山市）宮本陶生

戦場を駆ける兵士と箱根路を走る若きの正月二日
（宮崎市）木許裕夫

☆式典に酒飲み暴れいる二十歳《はたち》戦場に銃構える二十歳
（観音寺市）篠原俊則

ヤマトタケルも歌に詠みたる平群の丘に太陽光パネルが
（京都市）日下部ほのの

パネルなら二百ワットも発電し役立った筈なる日向ぼこ
（横浜市）一石浩司

鵯《ひよどり》の鳴き声追えば陽光の雑木林に侘助の咲く
（葛城市）林　増穂

「自分の親やからええやん」介護したことなき人の朗らかな声
（和泉市）星田美紀

落としたるわれの涎《よだれ》を妻の拭くサッと拭く恥かかせぬように
（和泉市）長尾幹也

☆鹿渡《かど》と云う地名残して干拓地大潟村に雪降り続く
（つくば市）藤原福雄

評

戸沢さん、戦争というものの本質を捉えた。この不条理をどのようにわが事として捉えられるか。宮本さん、十分な議論もないまま米国で公言された軍備拡大への懸念を。木許さん、篠原さんは、戦争当事国の若者との対比に安堵《あんど》と批判が。

【馬場あき子選】　二月十二日

気管切開せんか否かを問われたり生死決めえぬわれに医師問う
（和泉市）長尾幹也

共通テスト終えたる孫の眠りいる車に流るるカーペンターズ
（中央市）前田良一

豆変えて香りの違いに気づく朝心たいらな珈琲タイム
（岡山市）曽根ゆうこ

オリオンは明るく息はあたたかくはたちの吾子と夜汽車待つ駅
（南相馬市）水野文緒

仙人掌《さぼてん》の如く窓辺に並べられ老人たちは陽を浴びており
（大和市）水口伸生

年かわり火曜日午後と知らせれば承知、承知と囲碁がたき二人
（北九州市）稲葉博俊

この我に戦死の伯父と空爆死の伯母ゐる事実山茶花朱く
（霧島市）秋野三歩

☆鹿渡と云う地名残して干拓地大潟村に雪降り続く
（つくば市）藤原福雄

耳遠い母にひたすらペン走らせ十七年のブランク埋まる
（西東京市）濱田朝子

天王山すつぽり包み一月の雨ひさびさに心潤ふ
（枚方市）鍵山奈美江

評　第一首は複雑な病気を抱える長尾さんに更に重い問いを発する医師。思いやるのも苦しい。第二首は共通テストを終えた安堵感に眠る孫を乗せて運転する作者。軽く流れるポップスにその世代感がにじむ。第三首は平安なよき朝。

【佐佐木幸綱選】　二月十二日

幼子を諭すが如く説明す老いに無礼なパソコン売り場
（栃木県）川崎利夫

人影にいっせいに飛ぶ雀たち良き噂していたと思えず
（鳥取市）山本憲二郎

昨日の仕事残した翌朝は朝焼け見ながら多摩川渡る
（川崎市）中村真一郎

ころがって煮っころがってうまくなれ息があってる小芋とわたし
（新潟市）太田千鶴子

コロナ禍の登校班こそ寂しけれ今日は二人で出発したり
（酒田市）朝岡　剛

空の青海の青のその間《あわい》大漁旗《はた》なびかせて船が出てゆく
（気仙沼市）及川睦美

昼食はいつもと同じカップ麺仕事始めのめでたさの後
（江別市）長橋　敦

寒いねと誰かに話しかけたくて今日も加わるラジオ体操
（つくば市）山瀬佳代子

母の味にとても似てると言う父にせめて煮しめをどっさり作る
（大阪市）多治川紀子

拍手しか聞こえなかった館内に戻り始めた人間の声
（八尾市）水野一也

評

第一首、年寄りはパソコンに無知と決めてかかる店員を怒っている。ストレートな物言いが魅力的。第二首、ユーモアを前面に出しての一首。下句、うまい。第三首、早朝出勤のつらさ。会社勤めの宿命だろう。

【高野公彦選】　二月十二日

去年《こぞ》の夏りんご園にて見し狐今も生きをり雪の足跡
（五所川原市）戸沢大二郎

仲の悪い夫婦の方がらくかもね独りになった時を思えば
（仙台市）村岡美知子

白杖《はくぢやう》の人の姿勢の正しさよ駅の人中を真つ直ぐに行く
（水戸市）檜山佳与子

気散じに出てきただけの駅ビルに糖分塩分控え本買う
（豊橋市）滝川節子

☆式典に酒飲み暴れいる二十歳戦場に銃構える二十歳
（観音寺市）篠原俊則

原発はよくて焚き火はダメという焼き芋よりもまずは国家と
（西条市）村上敏之

傘さして花に水やる人のゐて認知症とはかくも不条理
（白井市）本山正明

やうやうに御節も尽きて菜の花の春巻き揚げる苦みのうまし
（京都市）日下部ほのの

エクセルで推敲《すいこう》重ねクラウドに保存した歌葉書にて出す
（枚方市）細美哲雄

出来ることだんだん減ってしないことどんどん増えて喜寿を乗り切る
（四日市市）園田信子

評　一首目、姿は見せないが、雪国の厳しい冬を生き抜く狐を思いやる歌。二首目、そう言いつつ仲良く暮らしているのだろう。三首目、白杖を持つ人の孤独で凛《りん》とした歩みが浮かび上がる。四首目、健康第一、飲食は控えよう、と。

【馬場あき子選】　二月十九日

降りしきる雪の湿原木の洞に蝦夷《えぞ》梟《ふくろふ》の二羽が寄り添ふ
（札幌市）藤林正則

極寒の如月なれど雪雲の移ればどっと海面きらめく
（舞鶴市）吉富憲治

リュウグウノツカイ長々横たはるよべの嵐に冬の千里浜
（羽咋市）北野みや子

教え子をエール静かに送り出す寒の雨降る試験会場
（小城市）福地由親

夫の手の皺の深さに気がつきぬ湯のみを受け取る人のいる幸
（佐世保市）近藤福代

男衆が総出の山焼参加して移住者やうやく村人となる
（対馬市）神宮斉之

望まない死の多き世にねんごろに水葬に帰すマッコウクジラ
（浜松市）松井　恵

アパートに「けふもいち日疲れた」と寄り添ひ眠る一足のくつ
（宮崎市）木許裕夫

しんしん四尺ごうごう五寸雪の深さを耳で知る会津
（佐久市）五十嵐芳孝

内海の海鵜の上を鷺飛びぬ其のまた上に輪を描く鵟《のすり》
（鳴門市）佐々木保行

評　この冬北海道は激しい降雪に見舞われた。第一首の蝦夷梟は全身茶毛がまじる白っぽい毛に覆われている大型の梟。雪中、木の洞にいじらしく寄り添う姿に厳冬の生の有様《ありさま》がみえる。第三、第七首などの異常の死も切実。

【佐佐木幸綱選】　二月十九日

面会は十五分なり痩せた手を握れば妻は冷たいと言ふ
（山口県）山花俊作

一月尽《いちがつじん》箱から出でます雛《ひな》人形待つうれしさよ日本の春
（三原市）原田英子

我が子らは校歌一度も歌えずにこの学舎をまもなく巣立つ
（白井市）関根孝明

わが傍に正義派がゐて居酒屋でものを食ふとき少しうるさい
（東京都）山下征治

子を叱り育てた我も犬の仔は誉めてトイレを覚えさせたり
（富田林市）岡田理枝

廃校に一人残され本を読むさびしからずや庭の金次郎
（船橋市）清水　渡

訪ね来し上田敏らにうな重を出しつと日記に一葉は記す
（町田市）高梨守道

大寒に思ひだしたり鉄釜の五右衛門風呂の湯のやはらかさ
（鹿嶋市）大熊佳世子

スマホなど無かつた時代の情報源「週刊朝日」が休刊するとふ
（川越市）西村健児

残念な「週刊朝日」休刊よ、東海林さだおの見開きもまた
（相馬市）根岸浩一

評　第一首、病院か介護施設での面会だろう。年配の夫婦ならではの時間をしみじみとうたう。第二首。独特の見方で雛人形を表現する一首。下句、うまい。第九、第十首、「週刊朝日」の休刊を惜しむ歌が、今週はたくさんあった。

【高野公彦選】　二月十九日

鹿狩りのドローンが飛んでふと思う戦争の事ウクライナの事
（新潟県）涌井武徳

横浜に米軍部隊が配備さるもはや新しい戦前なのか
（横浜市）松村千津子

居間で見る戦車塹壕《ざんごう》泣く老女　参謀総長の勲章の綺羅
（北九州市）松尾あけみ

双葉町で十二年振りの「ダルマ市」避難地からの町民で賑わう
（いわき市）守岡和之

○×を秒で決めつつ赤ペンのぬくもり恋しいデジタル採点
（ふじみ野市）片野里名子

賃上げのニュースは嬉しされど憂し大手と中小格差広がり
（横浜市）人見江一

欲望を刺激しながら肥え太るネットは恐らく陰の統治者
（菊池市）神谷紀美子

書き初めに「縁」の字選ぶコアさんは帰国間近のベトナムの人
（川崎市）小池美樹彦

郵便局往復五十分あるくから歌壇投稿は健康にいい
（ひたちなか市）篠原克彦

人工の股関節《こかんせつ》身に納まりて雑巾がけのできる嬉しさ
（東京都）一町田夏子

評　一首目、鹿狩りでドローンを使う時代が来たが、かの国のことを思うと心の翳《かげ》る作者。二首目、すぐ近くまで米軍部隊が来て、タモリの言った「新しい戦前」が迫ってくる思い。三首目、テレビに映る残酷で悲惨な景と、派手な景。

【永田和宏選】　二月十九日

戦争と戦争までのつかの間を平和と言ふならあまりに悲しい
（三鷹市）山縣駿介

ハルキウの「ランダウ通り」よ平和なれロシアの学者の名であればこそ
（柏市）堀　千賀

この脳に記憶は在るのだ問題はそれを取り出す路のないこと
（浦安市）中井周防

やさしくも牛に草鞋《わらじ》を履かせてた丹波の春のぬかるみ思う
（大和郡山市）四方　護

この国が軍拡に舵を切る最中「週刊朝日」休刊決まる
（磐田市）白井善夫

ゆびというさびしきものをわがもてば硝子のコップに朝の水飲む
（垂水市）岩元秀人

雪を吸ふ夜の川面を思ひをりふるさと越前雪の予報に
（亀岡市）児嶋きよみ

「未練あるうちに別れましょう」夫の卒業アルバムからはらりと
（東京都）村上ちえ子

独裁者いずれも同じ目をしてる人の心がすとんと抜けた
（菊池市）神谷紀美子

原発は死者が一人も出てないと言われて怒るこの浜通り
（南相馬市）佐藤隆貴

評　山縣さん、つかの間という「間」の短さが実感される昨今、平和なるものの危うさを突きつけられる。堀さん、ランダウ、リフシッツは物理の学生にとって必須の教科書だった。私は落ちこぼれたけれど。中井さん、そう、その通り。

【佐佐木幸綱選】　二月二十六日

幼子をコートの奥に仕舞い込み有袋類となる大寒の朝
（江別市）長橋　敦

わが浦に風の道あり軒先に潮の香りの若布《わかめ》干したり
（三浦市）秦　孝浩

四十年前の景色に縛られて異界に迷う渋谷界隈
（東京都）豊　万里

まつさらな革の匂ひを嗅いでみるけふ届きたる児のランドセル
（神戸市）池田雅一

一人住む老いを逝かせて家寂し売物件となりて春待つ
（茨城県）原　里江

寒波来て二千ピースのジグソーのムーミン谷にも雪は降りをり
（南相馬市）水野文緒

熱々の手打ちうどんをお代りし片品村のスキーを終える
（鎌ケ谷市）羽鳥健一郎

朝八時祖母の特製味噌汁に落とす卵も今日はふたあつ
（長久手市）篠原若奈

☆キジバトが粗末な古巣を見にきてる光が射し込む庭の木に二羽
（松戸市）猪野富子

猫のケンカみたいな声を出している古い冷蔵庫どうかがんばって
（東京都）上田結香

評　第一首、「有袋類」というふだん使わない語をうまく取り入れて、ユーモラスな一首にしあげた。第二首、そろそろ新若布の季節が近づいてきた。「風の道」が的確。第三首、渋谷駅周辺エリアの再開発がだいぶ進んできた。

【高野公彦選】　二月二十六日

夫逝く　カロリーゼリーと梅がゆと口内炎の我をのこして
（直方市）土井邦子

暮れにそば、年始に雑煮出したけど声なく食す施設の人ら
（横浜市）太田克宏

不孝者の我に一年孝行のまねごとさせてくれし父逝く
（沼津市）山本昌代

☆いつまでも生きていようねと夫《つま》の手が背中にありて葱《ねぎ》刻むなり
（オランダ）モーレンカンプふゆこ

寂しさも味わいとして一膳の箸のかろき日ふとおもたき日
（福島市）美原凍子

戦争で敵の国民のみならず自国の兵も殺すプーチン
（三郷市）木村義煕

闖入《ちんにゅう》し攻めあぐむ国は一年後囚人兵が前線に立つ
（福島市）青木崇郎

「異次元の少子化対策」財源も示さず論ずる総理の異次元
（観音寺市）篠原俊則

上履きの二足並びて干されたり平和とはこんな日曜の朝
（奈良市）山添聖子

留守電の亡き母今日も柔らかに我を呼ぶなり「もしもし千春」
（京都市）赤見坂千春

評　一首目、悲しみの歌ながら、ほのかなユーモアもある。二首目、高齢者施設の異様に静かな食事風景をえがく。三首目、一年間の介護が小さな救いとなった。十首目、留守電が優しい母の声を今も保存してくれているのが嬉しい。

【永田和宏選】　二月二十六日

弟よ感じているか骨壺を抱いて眠れる妻のぬくもり
（横浜市）馬瀬強司

病む夫がひとり将棋をする背中見つめゐたりき抱けばよかつた
（鹿嶋市）大熊佳世子

爆撃の瓦礫《がれき》に埋もれ救われし人と救いし人の抱擁
（浦安市）中井周防

☆いつまでも生きていようねと夫の手が背中にありて葱刻むなり
（オランダ）モーレンカンプふゆこ

「国民の命を守る」ための武器それが命を危険に曝《さら》す
（観音寺市）篠原俊則

戦中に生まれ戦後を長く生き今日戦前を生きる辻褄
（長野県）千葉俊彦

一日に15分遅れる時計末っ子みたいにかわいがられる
（富山市）松田梨子

猪が漢字読めぬと信じてか罠有注意と札が掛かりぬ
（静岡市）秋山喜彦

美しい人はトイレに行かないと信じ切ってた紅顔の頃
（霧島市）久野茂樹

手立てなくきょとんと子牛買われゆくラーメンよりも安い値段で
（仙台市）平山礼子

評　冒頭四首、様々な抱擁と触れ合い。亡き弟への呼びかけも、生前抱きしめられなかった悔いを抱える妻も共に切ない。中井さんは救い、救われた人の喜びを、ふゆこさんは、夫の手の温《ぬく》もりを背に感じつつ葱を刻める幸せを詠む。

【馬場あき子選】　二月二十六日

あと一期民生委員を務めんと決め新しき手袋を買う
（観音寺市）篠原俊則

眠られぬ夜は羊をさがせども戦車が一台戦車が二台
（大和市）澤田睦子

☆キジバトが粗末な古巣を見にきてる光が射し込む庭の木に二羽
（松戸市）猪野富子

「戦わないために今闘っている」おきなわ婆《おばあ》の眼差し揺るがず
（横浜市）角田英昭

授業中におにぎり頬張る学生の理由《わけ》きけばヤングケアラーなりし
（狛江市）髙橋恭子

帰らねばならぬ人らが街の灯に背を向け影のやうに乗り込む
（岐阜市）後藤　進

それぞれの癌と闘う男らの寝息のやさし朝の病室
（宇都宮市）手塚　清

アルコール消毒続けて三年の門扉に眠る冬の蜜蜂
（秦野市）関　美津子

「老獪」と「労咳」の間に抜け目なく「老害」居据わる『新明解辞典』
（札幌市）田巻成男

黄と白のタンポポと白詰草の野に草蜘蛛の恋がひそむを
（市川市）吉住威典

評　第一首は引き受け手の少ない民生委員をもう一期担当する決意に、新しい手袋が心の象《かたち》のようにぴったり。敬意を捧げたい。第二首は不眠の夜の羊が、ロシア侵攻の場面を思う中で戦車に変わってしまったところに心の濃さがある。

【高野公彦選】　三月五日

眠れない夜には火災報知機の小さき光はポラリスとなる
（奈良市）山添聖子

古稀すぎて習いとなった慶事ありテニスのあとの大盛りカレー
（東京都）青木公正

三兎追ひ二兎追ひつひに一兎なり日々ネット碁にはげむ晩年
（多摩市）柳田主馬

ひと晩で雪に埋もれし峡《かい》の里顔だけ出でて笑みぬ六地蔵
（吹田市）船越一英

歩行器のレンタル会社とデイケアの二葉《によう》になりぬ父への賀状
（和泉市）星田美紀

しんがりでいつも配達終えていた笑顔の先輩節分に逝く
（甲州市）麻生　孝

父看取り浦島太郎となりし吾に同期の友の定年の報
（東京都）髙橋由美子

子育てが一周回って再開とむつき姿の母を愛そう
（牛久市）久保田和佳子

見た目には大人しそうな首相だが機を見て敏で豹変をする
（川崎市）小島　敦

専制のミャンマー国軍支援して武器供与する二大国あり
（町田市）高梨守道

評　一首目、暗闇の隅に小さく光るポラリス（北極星）に見守られながら眠りを待つ。詩的な作。二首目と三首目、いわゆる老いの楽しみの発見。四首目、ほっと心が癒やされる景。五首目、知人からの賀状が絶え、今届くのは二枚のみ。

【永田和宏選】　三月五日

ばかやろうこんちくしょうの人でなし遺影の夫に呟いてみる
（春日部市）横手智恵

☆落ちたるペン車椅子より拾い得ず妻の帰りを待つ冬の午後
（和泉市）長尾幹也

「実験は百に一つも当たればいい」師の口癖の今に偲ばる
（東京都）岡　純

子を宿し一人称のわたくしにふと違和感をおぼえはじめる
（川崎市）小林冬海

閉店の三島時計屋その壁に掛けられていた時間の行方
（出雲市）塩田直也

恒例の道路工事の始まりぬ春の訪れ知る季語になるやも
（船橋市）佐々木美彌子

もどり来ぬ震災前の仙石線《せんせき》しおかぜ入りし早春の車窓《まど》
（仙台市）沼沢　修

薄紙をはぐように君が削りゆく伎芸天像まなじり穏《おだ》し
（大阪市）多治川紀子

髷《まげ》のない父の頭をおもいきりなでる娘を想う夕暮
（大阪府）田中成幸

八ケ岳麓に白し寒天場《かんてんば》いま最盛期氷らせて干し
（東京都）松木長勝

評　横手さん、私を置いてさっさと死んでしまった夫への悪態。わかるなあ。苦笑しつつ喜んでいる遺影の顔が見えるよう。長尾さん、ペンさえ拾い上げられず、ただ妻の帰りを待つ午後の時間の長さ。岡さん、私も学生にそう言ってきた。

【馬場あき子選】　三月五日

サハリンのニシンが春を告げに来る律義に今年も国境越えて
（宇都宮市）手塚　清

こわがりの私に打ち克ち開けた穴ピアスつけよう九十歳までも
（横浜市）井上優子

ゼレンスキーTシャツ売れている国と戦争に命奪われる国
（一宮市）園部洋子

本州でいちばんさむい盛岡市藪川《やぶかわ》の湖《うみ》にワカサギ躍る
（盛岡市）山内仁子

冬鳥に混じって夏の声がして見上げる越冬つばめの飛翔
（熊本市）桑原由吏子

父母がならぶ位牌に春立つ日　樒《しきみ》のしろい花が咲き添う
（逗子市）織立敏博

和草《にこぐさ》を喰みたる山羊《やぎ》の白き背に雨のひとつぶ落ちて弾ける
（南相馬市）水野文緒

木の股にひとつ置きたる冬りんご鳥語溢るる真赤な宇宙
（豊田市）小田中真秀

鑢紙《やすりがみ》犬小屋の傍《かたえ》に貼りやれば以心伝心爪を研ぐ犬
（前橋市）荻原葉月

雪の庭エナガ群れ来てかろがろと枝渡りゆきやがて消えたり
（高岡市）梶　正明

評

第一首のニシンが産卵のためロシア領サハリンを経て北海道に回遊してくるのは春。まさに魚に国境はない。第二首の九十歳までもに瞠目《どうもく》。そして拍手。第三首のTシャツ、売れているという。対極にある国情の惨も心に。

【佐佐木幸綱選】　三月五日

氷上を走る姿は初めてと見惚れるうちに鴨泳ぎだす
（中津市）瀬口美子

吾娘《あこ》は書く「売られたケンカは全部買う」道徳ノートの「短所」の欄に
（北九州市）福吉真知子

老人の半数が対応できず店主が代わりに買う券売機
（可児市）前川泰信

取り壊す前の実家で見つけたり母の使いし五つ玉算盤
（津市）伊藤智司

ドーナッツ揚げても揚げても注文に追いつかない日の雪はあたたか
（日田市）石井かおり

食べこぼし抜け毛まみれでいた母が菊に覆われ綺麗で悲しい
（横浜市）林　直美

☆落ちたるペン車椅子より拾い得ず妻の帰りを待つ冬の午後
（和泉市）長尾幹也

焼き立てのバゲット抱《かか》え帰る道日だまり抱《だ》いてるように幸せ
（川越市）津村みゆき

ミサイルのえぐりし集合住宅に冷蔵庫開《あ》きてキャベツの見ゆる
（奈良県）吉井邦子

蠟梅《ろうばい》に菜の花片喰《かたばみ》黄水仙春は黄色にあふれていたり
（市川市）中沢庄平

評　第一首、池だろうか湖かもしれない。鴨をながめる好奇心にみちた目が魅力的。第二首、娘さんの意想外な書き込み。誰もが一日会ってみたくなるユニークさ。第三首、せっかく券売機を設置したのにかえって仕事が増えた店主。

【永田和宏選】　三月十二日

手のひらにそっと乗せたくなるような小さく白い島の灯台　（八尾市）水野一也

五個入りのクリームパンとあんぱんを交換したい二個ずつ君と　（川崎市）小暮里紗

煙草に火をつける仕草が好きだったもみ消すときのまつ毛の翳《かげ》も　（福井市）野原つむぎ

一年に六センチずつ近くなるハワイを日本で楽しみに待つ　（富士市）村松敦視

船べりにリール巻き上ぐ石花海《せのうみ》のイカの重みに竿の撓《しな》りて　（中央市）前田良一

イギリスへ行きし成果の語られずお土産だけが俎上《そじょう》にあがる　（山口市）平野充好

1564《ヒトゴロシ》―1616《イロイロ》あると言いたげにエイボン河畔　沙翁の座像　（小矢部市）髙田裕法

お手玉をおじゃみと呼びし故郷の母の作れる小豆のおじゃみ　（船橋市）佐々木美彌子

竹を伐《き》る割る剝ぐ矯めて籠を編む春には蕨を採りにゆかむ　（つくば市）柳町健二

数学を好きにはなれぬまま生きてどっぷり浸かる数独の罠　（茨木市）瀬川幸子

評

水野さん、そっと包みたいような優しい景。小暮さん、いいなあ、こんな恋の歌。一つ余るけど。野原さんの思い出の君も懐かしい景。村松さんの途方もない期待感もいい。十首目瀬川さん、私も同じく数独の罠から抜け出せない。

【馬場あき子選】　三月十二日

☆国を越え攻めることせぬウクライナ専守防衛のすがたを見たり　（宇陀市）赤井友洸

「トゥキディデスの罠」なる言葉あるなり風船一つで世界が終る　（蓮田市）斎藤哲哉

震災の瓦礫の中よりへその緒をつけて救出されたる命　（石川県）瀧上裕幸

保育園独り泣きをる孫の手に人形持たす一歳の友　（宝塚市）中西久美子

わが死後の額の写真を若和尚は筋トレ序《つい》でに注文したらし　（東根市）庄司天明

「がんばっていれば結果はでるのかな」と十三歳の棋聖ほほ笑む　（仙台市）沼沢　修

☆節分の豆の散らばる家の前昨夜の鬼が出勤していく　（つくば市）山瀬佳代子

朝練の弓道部員がいち早く寒緋《かんひ》桜《ざくら》の開花を告げる　（千葉市）愛川弘文

☆先輩の差し入れからしハムサンド充電オッケー午後は集金　（富山市）松田梨子

認知症自ら認め嘆きおる女《ひと》の背をなで強く手握る　（横浜市）山本美智子

評　第一首の「専守防衛のすがた」は心にひびく。ウクライナの矜持《きょうじ》といえよう。第二首の言葉は覇権国と新興国が競合して戦争になろうとする現象。じつに怖い。第三首はトルコ大地震の映像から。第四首の幼い友情が美しい。

【佐佐木幸綱選】　三月十二日

瓦礫より救ひ出さるる幼きを見守る人皆親の顔せり
（堺市）芝田義勝

パンケーキクラッシュという軽やかな言葉の重きトルコの地震
（札幌市）住吉和歌子

さくさくと朝の畑に霜柱踏んで始まるわたしの二月
（葛城市）島田美江子

しんしんと雪降るらしき冴ゆる夜に苺ハウスの温度を上げる
（三浦市）秦　孝浩

瀬戸をゆく船をどれほど見ただろう小さき灯台百五十歳
（八尾市）水野一也

ひとり鍋四つ揃《そろ》えてコロナ禍の夫の鍋だけ激辛にする
（東京都）伊東澄子

トゲトゲも苦みも辛みも持たぬゆえジャガイモが芽にためるソラニン
（新潟市）太田千鶴子

窓の向こうスケート場は賑やかでこちらひっそりクロールで泳ぐ
（さいたま市）菱沼真紀子

こほろぎを牛の代はりに食ふといふいのちを食らふことに変はらず
（和泉市）星田美紀

田んぼにはお菓子の如くうっすらと淡雪残り朝日に光る
（筑西市）坪松多美枝

評　第一、第二首、トルコ・シリア大地震の歌の中の二首。救い出す側の人の顔にスポットを当てた一首目、「パンケーキクラッシュ」という語をクローズアップした二首目。それぞれていねいに焦点を絞った歌い方に注目した。

【高野公彦選】　三月十二日

☆国を越え攻めることせぬウクライナ専守防衛のすがたを見たり
（宇陀市）赤井友洸

☆節分の豆の散らばる家の前昨夜の鬼が出勤していく
（つくば市）山瀬佳代子

☆先輩の差し入れからしハムサンド充電オッケー午後は集金
（富山市）松田梨子

四十雀《しじゅうから》の会話のような囀《さえず》りに空どこまでも晴れて立春
（相模原市）石井裕乃

恵方巻き南南東を向き食べる鬼なるロシアに背中を向けて
（京都市）後藤正樹

かの一人の署名で平和戻るのに、と酔って言えるへ酔わず頷く
（我孫子市）松村幸一

バタフライ地雷、花びら地雷という優しく美しき名をもつ兵器
（観音寺市）篠原俊則

召し使いになるからどうか助けてと瓦礫のなかから手をのばす少女
（盛岡市）山内仁子

ウクライナ、トルコの夥《おびただ》しい瓦礫人の狂気と自然の脅威
（春日井市）伊東紀美子

親不孝親孝行も共にせず親亡くしけり風花のそら
（神戸市）松本淳一

評　一首目、ロシアの攻撃に耐え、専守防衛を貫く国の立派さ。二首目、下句のユーモアが楽しい。三首目、差し入れの辛子のハムサンドが美味《おい》しかったので大いに元気が出たのだろう。四首目、晴れて鳥の囀りが聞こえる平和な立春。

【馬場あき子選】　三月十九日

人を止め車を止めて老鹿《おいしか》は万葉の時間を歩いておりぬ
（川崎市）新井美千代

☆卒業生の顔忘るまじ今日だけはマスク外させ最後の授業
（西尾市）丸山富久治

救出の度に拍手の沸くトルコ拍手沸かざりウクライナには
（観音寺市）篠原俊則

トルコからウクライナへと画面かわり瓦礫の前に祈る老婆が
（小金井市）神蔵　勇

啄木鳥《きつつき》が木を打ちうぐひす鳴く時を不整脈ありされど春くる
（伊那市）小林勝幸

投了を告げられたれば羽生九段思いしずめて深く辞儀せり
（八尾市）水野一也

旧暦で古雛飾るふるさとのくぢら餅とふ亡き母の味
（仙台市）沼沢　修

☆乗りたがる私につき合う姉も乗せ人力車しゅるり駆ける浅草
（富山市）松田わこ

ウイルスで信夫《しのぶ》の里の雪庭《ゆきにわ》に客死のハクチョウ北帰行断たれ
（福島市）澤　正宏

平和祈る日々の明け暮れわがあとに戦死の父を思う人なし
（飯田市）草田礼子

評　第一首のゆったりした鹿の時間に比べ、第二首は中学や高校など、コロナ禍のため卒業までマスク姿の教師と生徒だった。戦争と地震を悼む歌が多かったが、季節は春の気配が漂う。第六首の「思いしずめて」は心深い表現。

【佐佐木幸綱選】　三月十九日

いつまでも上司のごとく命ずるな妻になじられ後ずさりする
（東京都）松本秀男

これからは頑張らないでゆっくりとソフトに生きてブルース・ウィリス
（甲州市）山下栄子

☆小一の息子の運動靴の奥たぶん砂場とつながっている
（川崎市）小暮里紗

☆乗りたがる私につき合う姉も乗せ人力車しゅるり駆ける浅草
（富山市）松田わこ

☆卒業生の顔忘るまじ今日だけはマスク外させ最後の授業
（西尾市）丸山富久治

早く早くスケッチ急ぐ万両の実が鵯《ひよどり》に見つかる前に
（市原市）笠原英子

プレゼント選ぶ時間は君からのプレゼントだねショップを巡る
（横浜市）萱谷彩香

とっさにはチョキを出せない二歳児のグウとパーにてこの世を生きる
（長野県）千葉俊彦

お気に入り「おにのパンツはいいパンツ」歌う二歳児まだ紙パンツ
（倉敷市）松本郁子

☆掲示板に私の受検番号を見つけて何度も確認したよ
（奈良市）山添　葵

評　第一首、「後ずさりする」には、思わず笑ってしまう。恐妻家ぶりをユーモラスに表現して秀抜。第二首、米映画俳優のブルース・ウィリスが認知症と診断されたというニュースが最近報道された。二〇二二年三月、俳優業を引退。

【高野公彦選】　三月十九日

戦争を知らぬ世代の世となりて「はだしのゲン」の削除を憂う

（広島市）吉川徳子

休み時間短すぎると子ら読みき学級文庫の「はだしのゲン」を

（観音寺市）篠原俊則

家電ならこうは行くまい喜寿となる我の心肺きちんと動く

（京田辺市）藤田佳予子

一匹を用心棒に鬼は内　福に憚《はばか》り声は出さずに

（下関市）原　隆治

やわらかきことばでゆらすゆりかごのゆれるあかごのえがおのたのしさ

（神戸市）鈴木まや

入院中ボケ防止にと諳《そら》んじる神武綏靖《すいぜい》安寧懿《い》徳《とく》

（千葉市）亀山俊雄

☆乗りたがる私につき合う姉も乗せ人力車しゅるり駆ける浅草

（富山市）松田わこ

十二年前のわれらに重なりぬトルコ、シリアも戦禍の民も

（久慈市）三船武子

ぎこちなく俯《うつむ》き気味に家を出て笑顔でただいま転校日の孫

（横浜市）江口　尚

☆掲示板に私の受検番号を見つけて何度も確認したよ

（奈良市）山添　葵

評

一首目、戦争体験者が少数となった今、戦争の悲惨さを伝える貴重な作品を削除していいのか、との憂い。二首目、よく読まれた時代を回想する元教師。三首目、人体の驚異的な耐久性。四首目、内心こっそり唱える「鬼は内」。

【永田和宏選】　三月十九日

将来の夢など語る山小屋に夫でも彼でもない男たち
（岩国市）石井久美子

☆小一の息子の運動靴の奥たぶん砂場とつながっている
（川崎市）小暮里紗

ミサイルにかける費用を人民に使わぬ父娘の光る頬
（枚方市）唐崎安子

教材の「はだしのゲン」を差し替える広島なのに広島なのに
（観音寺市）篠原俊則

人は死ぬけれど貧者と囚人は捨て駒として戦場で死ぬ
（西海市）前田一揆

全員が辞表を出すとふ選択肢取らぬか取れぬか学術会議
（京都市）皐月直子

一時帰国死にゆく父のそばにいて年金申請記入しており
（さぬき市）ファンハッテム八重子

とりあへずわれに借金なけれども借金一二五六兆円ある国に住む
（名古屋市）山守美紀

大きめの紙風船でいいじゃないついついて返せば中国向けて
（大和郡山市）四方　護

バレンタイン知っててホワイトデー知らぬ九十六の父にチョコ買う
（東京都）平井節子

評　石井さん、単なる男友達、山友達であった彼らとの懐かしい会話。小暮さん、いつも運動靴には砂がいっぱい。きっとその奥が砂場に繋《つな》がっているんだと。唐崎さん、あの満足そうな父娘の笑顔の、艶《つや》の良さに違和感を覚える。

【佐佐木幸綱選】　三月二十六日

手の平のスマホの中に住んでいるＡＩさんと英会話する
（大阪市）多治川紀子

大寒波断水五日雪すくひ溶かして流す水洗トイレ
（羽咋市）北野みや子

夕焼けに染まった田んぼに平和見るとウクライナからやって来た人
（滋賀県）木村泰崇

雪原に「誰かがやらねばならない」と地雷除去するウクライナ兵
（中津市）瀬口美子

敦賀駅改装増築整って新幹線の乗り入れを待つ
（敦賀市）大谷静子

青空に常念岳とコハクチョウ白さ際立つ安曇野の冬
（長野市）塚田國雄

原発の稼働すすめる人達よ崩れ原発見に来てほしい
（いわき市）馬目弘平

バンカーに付きいる猪の足跡と共にボールを打ち出しにけり
（西予市）大和田澄男

☆「新平家」取り合い読みし兄姉逝きて「週刊朝日」休刊となる
（藤沢市）藤田勢津子

駐在員の妻たちが大事に回覧していた「週刊朝日」
（横浜市）臼井慶子

評

第一首、英会話の相手をしてくれるアプリ。親しくなって来た気分が読める。第二首、作者の住む能登半島の羽咋市の寒波のすさまじさが想像される。第三首、日本に移住してきたウクライナ人。上句、夕焼けの田が印象的。

【高野公彦選】　三月二十六日

電話来て「土筆《つくし》摘んだ」といふ友の声の向かうに光の野原
（横須賀市）今津美春

骨壺となりて四年になる妻へまた咲いたよと挿す桃の花
（我孫子市）松村幸一

☆原宿のフルーツパーラー行列に慣れてる顔で私も並ぶ
（富山市）松田梨子

春近し結露せし窓拭きながら楽しみに待つＷＢＣ
（東京都）根本孝治

ベランダの柵に小さな鳥のフン永遠に続けよ都会の自然
（東京都）一町田夏子

ゆっくりと行こうぜと語りかけてくるスカイツリーから見る隅田川
（富山市）松田わこ

月曜日妻がリハビリに通う日は男やもめの疑似体験日
（豊前市）川口辰雄

麦踏みも落穂拾いも死語として老農ひとり乗るトラクター
（三重県）種村正夫

宇宙にも軍事拡げる人間よ月には兎がいるだけでよし
（静岡県）小長谷千鶴子

☆笑うの字人の笑ったかおに見えぼくはノートにたくさんかいた
（東京都府中市）中安桐也

評　一首目、春到来を喜ぶ歌。土筆という言葉から「光の野原」を連想したのが素晴らしい。二首目、亡き人と春を喜ぶしみじみとした作。三首目、「慣れてる顔で」が面白い。十首目の作者は七歳。なるほど「笑」の字は笑ってる顔。

【永田和宏選】　三月二十六日

花のころおれに一日あけてくれきみに見せたい近江あるから
（大津市）阪倉隆行

なつかしや男おいどんさるまたけ三畳一間で悶悶とあの頃
（仙台市）堺　武男

パンダにも転勤はある海外へ赴任するのもお国の都合
（札幌市）住吉和歌子

震災に続き戦場映し出し次いでテレビはシャンシャン惜しむ
（堺市）芝田義勝

「戦争の収束はまだ」戦争をコロナのごとく識者が語る
（観音寺市）篠原俊則

花なんか興味の欠片《かけら》もない奴が今日花々に囲まれ眠る
（五所川原市）戸沢大二郎

「私たち波平と同い年なのよ」マスオぐらいと思っていたのに
（横浜市）臼井慶子

☆「新平家」取り合い読みし兄姉逝きて「週刊朝日」休刊となる
（藤沢市）藤田勢津子

私ではだめかと言えずモカ飲みし煉瓦造りの喫茶店にて
（下呂市）河尻伸子

☆笑うの字人の笑ったかおに見えぼくはノートにたくさんかいた
（東京都府中市）中安桐也

評　阪倉さん、こんな風に誘ってくれる友があれば、喜んで一日を。堺さん、松本零士追悼。圧倒的に『銀河鉄道999』が多かったが、『男おいどん』が私にも思い出深い。十首目中安君は一年生か。漢字に興味津々。確かに笑っているね。

【馬場あき子選】　三月二十六日

もう一度楽器手にとる日が来れば愛を唄ふと銃持つ兵士
（さいたま市）齋藤紀子

おさがりの兄の参考書あの頃の彼女が書いたプーさんの落書き
（越谷市）黒田祐花

☆原宿のフルーツパーラー行列に慣れてる顔で私も並ぶ
（富山市）松田梨子

「生きるため人は生まれて来る」と言ひし松本零士は星の海へと
（秩父市）畠山時子

二週間ぶり勉強に来たクルド子にまずは家族の安否尋ねき
（朝霞市）青垣　進

ささげご飯炊けば思わぬ桜色花見に早い寒《かん》のうれしさ
（飯田市）草田礼子

日本海烏賊《いか》の棲みたる良き漁場《ぎょば》に今朝も三発ミサイル墜つる
（酒田市）朝岡　剛

武器商人は言うのだろう性能はウクライナにて証明済みと
（札幌市）三瓶敦子

われに似し脱営兵の痩せし頬われは忘れず八十年経ても
（我孫子市）松村幸一

プーチン氏見るたびに思う大連にてソ連の兵が襲いきし夜
（郡山市）遠藤雍子

評　第一首はウクライナの現実を背景にして切実。第二首は兄さんの横顔がみえて楽しく、第三首も「慣れてる顔」が絶妙。第四首ほか漫画家の松本零士さんを悼む歌が多かった。第九首の脱営兵は脱走兵。捕まれば銃殺だった。

【高野公彦選】　四月二日

パンダ舎に列成し涙ぐむ人のニュースの後のバフムト攻防
（五所川原市）戸沢大二郎

伊予灘に船団組んで入れる網白子《しらす》輝き浜に春来る
（伊予市）福井恒博

ぷらぷらとマスクを振って歩く春百パーセントの梅の香の中
（枚方市）唐崎安子

☆讃岐路のれんげ田の子が駆けてきて駄菓子をくるる遍路のわれに
（山口県）山花俊作

☆さがほのか、古都華《ことか》、珠姫《たまひめ》、紅ほっぺ苺売り場は少女の気配
（奈良市）山添聖子

七十五過ぎて居座る議員にも受けて欲しきは認知度検査
（富士見市）阿部泰夫

飼い主と犬の思いに違いありピンと引き合うリードは長し
（つくば市）藤原福雄

祝禱《しゅくとう》に礼拝終わる刻を知り盲導犬は身じろぎて立つ
（神戸市）楠田栄子

誰からも放って置かれているような服喪の日々の長き夕焼け
（東京都）大泉章子

ポケモンの名前みたいなゾフルーザ　インフルエンザとたたかう薬
（奈良市）山添聡介

評　一首目、平和な光景と、その対極にある悲惨な戦場。二首目、瀬戸内海で繰り広げられる春の躍動シーン。三首目、マスクを外して歩く解放感。下句がいい。四首目、私の出身地・四国の人たちはお遍路さんに親しみを持っている。

【永田和宏選】　四月二日

空欄に適語を入れよすぐそこに□の足音、「春」か「戦《いくさ》」か
（朝霞市）岩部博道

母さんを助けてやってねと声しぼり父逝きし日のわたし一年生
（須賀川市）山本真喜子

一筋の陽《ひ》の差すごとく病室の妻の意識の一時《ひととき》戻れり
（舞鶴市）吉富憲治

「感情を無くそう自分を守るため」マリウポリ逃れし少女の日記
（茨城県）原　里江

幼子がゲーム画面に人を撃つ薄き笑いを浮かべつつ撃つ
（観音寺市）篠原俊則

病状はこうなりやがてこうなると淡々と言う早春の医師
（和泉市）長尾幹也

「着用は任意」とあらば大方はマスクのままの卒業となる
（相馬市）根岸浩一

コロナ禍を共に過ごせし園児らがマスクを外し卒園したり
（戸田市）蜂巣厚子

おくならのいしのほとけのみみたぶにぴあすとまがううめのはなびら
（東大阪市）池中健一

生まれ来て脱皮もせずにヨッチャンと呼ばれ続けて八十二歳
（三郷市）木村義熙

評　岩部さん、誠に。当たってしまいそうなのが怖い穴埋め。山本さん、幼い作者に母のことを最期に頼んだ父の言葉が忘れられない。吉富さん、長く看病を続けてきた奥様の死去。ご冥福を。十首目木村さん、ここらで一度脱皮してみるか。

【馬場あき子選】　四月二日

プーチンを投げ飛ばしいる少年の切手貼りたし春の手紙に
（水戸市）中原千絵子

気がつくと老老介護の当事者となりて食事の準備してゐる
（京都市）丹羽夜舟

「龍宮城に行ってきたよ」と湯気立てて風呂より出でし老父《おいちち》と酌む
（さいたま市）齋藤紀子

専守防衛掲げし国の買い物が四百発の巡航ミサイル
（寝屋川市）今西富幸

税金も軍事費として使はれるせめて我が分使用反対
（富士見市）阿部泰夫

三里塚反対やぐら撤去さる戸村一作死し四十四年か
（東京都）野上　卓

ドローンを畦におろしてストレッチしている人を見おろす鴉《からす》
（松阪市）こやまはつみ

和光堂のシッカロールは五十銭怪我せし猫のお尻にはたく
（伊賀市）秋田彦子

小学校最後に習った漢字は「済」黒板のはしに「あと14日」
（奈良市）山添　葵

通学団班長の孫一年生が七人増えるとうれしげに言う
（一宮市）園部洋子

評

第一首はキーウ近郊の爆撃により破損した壁に描かれていたバンクシーの絵。今、切手になっている。結句が共鳴感を誘う。第二首、よくある現実かもしれない。第三首は湯上がりの老父の言葉が魅力でお酒もおいしそう。

【佐佐木幸綱選】　四月二日

☆讃岐路のれんげ田の子が駆けてきて駄菓子をくるる遍路のわれに　（山口県）山花俊作

信州をルーツの「みすず」休刊と知るに案ずる「図書」や「ちくま」を　（長野市）細野正昭

波の間に蛍光ウキのたゆたえりまだ春寒き夜のメバル釣り　（東京都）野上　卓

袘《ふき》・袂《たもと》・衽《おくみ》という語なつかしむ和裁習いし日も遥かなり　（春日井市）伊東紀美子

二回目の田起し済みて畔《くろ》もでき水張り田を待つ水郷の春　（潮来市）根本健助

出会わない私は誰とも出会わないただ擦れ違うだけの人生　（長崎市）牧野弘志

☆さがほのか、古都華《ことか》、珠姫《たまひめ》、紅ほっぺ苺売り場は少女の気配　（奈良市）山添聖子

ライブなら五万対一、動画なら一対一だ君との時間　（川崎市）小暮里紗

押し入れに父の日記を発見し大笑いする実家の整理　（横浜市）江口　尚

姉さんと呼ばせて下さい心から売られたケンカ全部買うとは　（甲州市）麻生　孝

評　第一首、四国遍路での心あたたまる体験をうたう。れんげ田を出して季節を表現したのも適切。第十首、三月五日付の本欄に載った「吾娘《あこ》は書く『売られたケンカは全部買う』道徳ノートの『短所』の欄に」への返歌。

【永田和宏選】　四月九日

赤本の問題文の物語続きを探しに春の書店へ
（奈良市）山添　葵

「もう君を思い出さなくなったよ」と言おうとしているうちはまだまだ
（和泉市）星田美紀

円周率みたいに呼びたくはない「あの日」は三月十一日
（四街道市）山田麻衣

「卒業の前に好きっていうつもり」決死のメモがまわる3組
（長野県）丸山志保

ミモザ咲きマスクの下の君の顔みつめられずにまたクラス替え
（厚木市）杉山久美子

〝春〟というピンクの靴は春風にさらわれそうでずっと履けない
（河内長野市）平岡章子

理科室の草ガメ二匹は水槽を出ることもなく新学期となる
（出雲市）塩田直也

祖師堂も寺井も廃る故郷《さと》のてら花堅香子《かたかご》は今年も芽生ゆ
（取手市）武村岳男

アスファルトなれどいつもの散歩みち足の裏から春は始まる
（神戸市）松本淳一

「ぎゅうってして」いわなくなる日やってくる我が娘の寝顔目に焼きつける
（大阪市）香西純子

評　山添さん、問題集の抜粋に飽き足らなくて本屋へ。ぜひ全部読もう。星田さん、そんな風に徐々に慣れるしかか。山田さん、3・11なんて円周率みたいに呼びたくないと。十首目香西さん、私も孫からのギューチケットを早く使い切らねば。

【馬場あき子選】　四月九日

原油積み颯爽《さっそう》と来るタンカーにすこし離れて釣る桜鯛《さくらだい》
（三浦市）秦　孝浩

うららと照る石垣島をオオトカゲのようにミサイル発射車が這う
（水戸市）中原千絵子

雪が舞う病院の外毛布で子らを包んで耐えた震災の記憶
（佐久市）五十嵐芳孝

畝《うね》立つる鍬《くわ》のリズムに種籾《たねもみ》の水吸う音の聞こゆる四月
（市川市）山本　明

浪江町で被曝の牛を飼い続ける反骨の人を畏敬す吾は
（いわき市）守岡和之

☆畑から帰ると燕来てをりぬ明日は畦塗る燕の好きな
（津市）中山道治

水槽のヒメダカふとりて浮いてきた身を寄せあって産卵近し
（松戸市）猪野富子

侍を応援のため初めての紙オムツしてドームに向かう
（東京都）松本秀男

歌うように小学生が通りゆくスマホが欲しいスマホがほしい
（武蔵野市）中村偕子

小学校最後の参観合奏はマスクを外してアコーディオンひく
（奈良市）山添　葵

評　第一首は貴重な原油を積み込み入港するタンカー。颯爽の言葉に重厚な姿や爽やかな自負がこもる。春の鯛釣りもすこし遠慮。第二首は今日新たな注目を集めている石垣島の新風景。オオトカゲの比喩に感情もこもるようだ。

【佐佐木幸綱選】　四月九日

「探鳥会」鳥鳴き真似て首をふる講師は一瞬クマゲラになる　（北広島市）丸山信雄

ヒッチコックの鳥どころじゃない雁《がん》のむれぼうだいな「く」が中空をおおう　（盛岡市）山内仁子

大鷺《だいさぎ》は魚群くるまで内海にじつと立ちゐる塑像《そぞう》のやうに　（鳴門市）佐々木保行

宿酔の呼気満つ今朝の職員室三年ぶりの卒業式明け　（鎌倉市）半場保子

たのしみは笏谷石《しゃくだにいし》の薄青き坂の上なる曙覧《あけみ》文学館　（札幌市）田巻成男

☆畑から帰ると燕来てをりぬ明日は畦塗る燕の好きな　（津市）中山道治

平凡な日常こそが平和だと昨日も今日もトイレ磨けり　（東京都）福島隆史

鹿塩《かしお》の湯煮つめてつくる山塩は大鹿村の希少な産物　（長野市）塚田國雄

ノジスミレアカネスミレにヒゴスミレスミレづくしの友の庭なり　（熊本市）徳丸征子

☆野球など興味なかったにわかファンペッパーミルをさかんに真似て　（甲州市）山下栄子

評　第一～第三首、鳥の歌が並んだ。探鳥会の講師に焦点を絞った一首目、雁の大編隊の映像が魅力的な二首目、微動だにしない大鷺の存在感をうたう三首目。第十首、WBCの歌は〆切日《しめきりび》の関係で少なかったが、その中の一首。

【高野公彦選】　四月九日

老老のこぞりて朝の鹿尾菜《ひじき》干し小さき岬の春がはじまる
（三浦市）秦　孝浩

三《さん》・一一《いちいち》練習前に円陣を組み黙禱《もくとう》の侍ジャパン
（札幌市）伊藤　哲

☆野球など興味なかったにわかファンペッパーミルをさかんに真似て
（甲州市）山下栄子

やはらかに拍手包めり死球受け駆けてみせたるチェコの選手を
（久留米市）塚本恭子

動物はその身ひとつで争うに武器を作るも使うも人ぞ
（川崎市）小池たまき

食パンにウクライナ産の蜂蜜を塗って子は問う戦争のこと
（川崎市）川上美須紀

育てたるミモザの花を胸に抱き棺の中に兄は納まる
（熊谷市）内野　修

歳月は再び三たび返りくる曽孫を膝に絵本ひろげて
（岩国市）木村桂子

揚げひばりわが聴力と視力をば測れるごとく点となりたり
（下野市）若島安子

貧しくも歌詠む我は歌貴族　境遇を嘆く歌は詠むまい
（松本市）馬木和彦

評　一首目、高齢化した地域にも春が来て、老人たちはヒジキ干しに精を出す。二首目～四首目、先日のWBCの1次リーグのいろいろな光景。このあと侍ジャパンの快進撃が始まる。五首目、困った生き物ですね、ヒトは。

【馬場あき子選】　四月十六日

☆大江さんのまなざしにゐた光さんの「静かな生活」ＣＤに聴く
（浜松市）松井　恵

胸中の激しい感情表現す大江は言葉で光は音で
（甲州市）山下栄子

白葱《しろねぎ》のごとくさらりと筋通し黒田杏子《ももこ》は光となれり
（諫早市）麻生勝行

この街のパン屋のパンになるという小麦畑にふるはるのあめ
（新潟市）太田千鶴子

☆楽しみは四年生のきゅう食のパンが大きくなるらしいこと
（奈良市）山添聡介

水を飲む二匹の猫の柔らかき舌音聞こゆる春のあかつき
（観音寺市）篠原俊則

☆ごほうびがプリンだなんて母の中の私はいったい何歳のまま
（富山市）松田梨子

原発の推進策に思うのは牛舎の壁に書かれし遺言
（石川県）瀧上裕幸

棄て畑となりたる隅にさみどりのレタスの育ち心はずめり
（たつの市）宮田直美

☆ふきのとう十三年ぶりの天ぷらは苦み懐かし春の味する
（須賀川市）近内志津子

評

大江光さんの音楽は父健三郎さんのあたたかな眼《まな》ざしの内がわに育まれた。映画「静かな生活」の音楽には光さんの姿がある。俳人黒田杏子の訃報《ふほう》もあった。第三首は情熱的、行動的なエネルギーを収斂《しゅうれん》して実直清廉な白葱の光と表現。

【佐佐木幸綱選】　四月十六日

三年ぶりクルーズ船の着岸し街に漂うざわめきの波
（長崎市）下道信雄

林檎飴ぐらいの丸い輪郭で鼓動している陽だまりの鳩
（枚方市）久保哲也

鹿島神宮のひょうたん池には蝌蚪《かと》の卵長く渦巻き出番待ちおり
（鹿嶋市）平野弥生

鴨帰る空見上げれば遠来の黄砂にかすむ山の輪郭
（中津市）瀬口美子

冬の竹伐る時期が過ぐ竹仕事そろそろ終ひ畑仕事せむ
（つくば市）柳町健二

☆姉と並びパックしながら話してる恋のこと親が年をとること
（富山市）松田わこ

薄き羽うち震わせて今朝生《あ》れしアシナガバチが窓ガラス這う
（五所川原市）戸沢大二郎

死ぬまでは紙の新聞取りますよ新聞屋さんと約束をする
（四日市市）園田信子

大江氏の訃報が載った新聞紙昔の私を包んで畳む
（東京都）小川あゆみ

ヒロシマと沖縄という良心がわが本棚にあり大江さん逝く
（寝屋川市）今西富幸

評　第一首、コロナ禍で、毎年、長崎港に来ていたクルーズ船が来なかったのだ。下句、ふだんと違う街の空気を表現して、うまい。第九、第十首、三月三日に他界された大江健三郎さん追悼の歌が今週は数多くあった。その中の二首。

【高野公彦選】　四月十六日

☆ふきのとう十三年ぶりの天ぷらは苦み懐かし春の味する
（須賀川市）近内志津子

地面まで届きそうなる水筒と手提げ袋の登校の列
（松山市）矢野絹代

芸術は政府のものにあらざると文化勲章辞せし人逝く
（東京都）上田国博

卒論のテーマの大江健三郎逝きて徹夜の青春はるか
（安中市）鬼形輝雄

優しげな丸メガネの奥に敢然と九条のあり大江さん逝く
（鹿嶋市）大熊佳世子

☆姉と並びパックしながら話してる恋のこと親が年をとること
（富山市）松田わこ

スギ花粉ヒノキ花粉に目をやられ鼻をやられる春の配達
（甲州市）麻生　孝

休刊の日にはゆったり歌を詠む烏露《うろ》戦争の記事を離れて
（藤沢市）中田　毅

四百のミサイル買ふといふ国に三十一文字《みそひともじ》で我らあらがふ
（朝霞市）岩部博道

☆楽しみは四年生のきゅう食のパンが大きくなるらしいこと
（奈良市）山添聡介

評

一首目、放射能が心配で食べるのを我慢してきた蕗の薹を久しぶりに天ぷらにして食べた喜び。二首目、新一年生の可愛い登校風景。三首目～五首目、大江健三郎さんを悼む歌。鬼形さんは徹夜して卒論を書いた日を懐かしむ。

【永田和宏選】　四月十六日

そんなものいったいどこで拾ったの捨てて来なさい正義だなんて
（長崎市）牧野弘志

原稿を何時も律儀に準備して大江健三郎の「九条の会」
（浦安市）中井周防

☆大江さんのまなざしにゐた光さんの「静かな生活」ＣＤに聴く
（浜松市）松井　惠

難解でなげだし棚に四十年「ピンチランナー調書」を開く
（北九州市）嶋津裕子

「あら貴女もう来ちゃったの」って尼さまに言われているかも杏子先生
（福島県）安部みさ子

サザエさんの漫画のような明るさが取り得の昭和も遠くに霞む
（三郷市）木村義熙

☆ごほうびがプリンだなんて母の中の私はいったい何歳のまま
（富山市）松田梨子

トラックにティンパニ最後に積み込んで夏合宿の終る午後二時
（東京都）白石久美子

１日に７分遅れる掛け時計　７分長い１日過ごす
（稲沢市）山田真人

都合良く脚色したる幾つかの片恋語れば亡妻《つま》泣きにけり
（仙台市）二瓶　真

評

牧野さん、秀抜なアイロニー。政治家でなく、親がこういう台詞《せりふ》を子に言うような世が来ないことを！　大江健三郎、黒田杏子の追悼歌がとても多かったが、涙を呑《の》んで中から四首。安部さんの「尼さま」は瀬戸内寂聴。

【佐佐木幸綱選】　四月二十三日

吉野川渡れば眉山《びざん》見えてきて三年ぶりの故郷は春
（松山市）西本千尋

クレソンと真鯛一尾と新玉ねぎ道の駅より春連れて来る
（姶良市）北村あゆち

「教師にはならないから」と子が言えば教師の我がほっとしている
（湖西市）佐藤きみ子

宴会に三年ぶりの瓶ビール飲めば美味しい缶ビールより
（京都市）五十嵐幸助

子は描く白クレヨンで白くまを白い紙でもおかまいなしに
（川崎市）小暮里紗

やはらかき日本語のトーンで鳴き交はすうぐひす思はず笑みのこぼるる
（岩国市）木村桂子

五時間を歩き見上ぐる縄文杉古老顔なるでこぼこの幹
（市川市）山本　明

ひさしぶりマスク外して笑ひゐる友には今年二人目の孫
（神戸市）松本淳一

立ち上りソロパート吹く女生徒のテナーサックスに光集まる
（東京都）村上ちえ子

日本中のさくら行脚をして逝きし黒田杏子へさくららんまん
（我孫子市）松村幸一

評　第一首、コロナ禍で三年ぶりに故郷に帰って来た感慨。上句の大きな春の風景の表現が魅力的。第二首、道の駅に並んでいたたくさんの春の中から作者が選んだ三つの春。第十首、今週も黒田杏子さん追悼の作が何首もあった。

【高野公彦選】　四月二十三日

主去り三日後家具なく特養の居室に人のいない時なし
（横浜市）太田克宏

大和にはあらねど林檎の枝を焼く煙立ち立つ津軽の野面《のづら》
（五所川原市）戸沢大二郎

日本海ミサイル何発沈みしや木造船の霊眠る海
（船橋市）佐々木美彌子

闘病をウィズ病《やまい》ときりかえて窓の外《と》見れば丹沢ひかる
（茅ヶ崎市）大川哲雄

島は海に海は島々に囲まれて船は行きかう瀬戸内うらら
（名古屋市）磯前睦子

こんなにも豊かな笑顔をもっていたマスクを着けず下校する子ら
（観音寺市）篠原俊則

☆鹿たちをかわして向かう税務署の署という漢字は少し強面《こわもて》
（奈良市）山添聖子

自分から歩み寄り開き壁溶かす最年長ダルのリーダーシップ
（長井市）大竹紀美恵

一点差息つめ見入る九回にテロップ「総理ウクライナ訪問」
（八尾市）水野一也

日本の若き二人の「静」と「動」藤井聡太と大谷翔平
（壱岐市）篠崎美代子

評　一首目、特養は部屋が空くと直《す》ぐ次の人が入居する。高齢の要介護者が多い日本の実態。二首目、万葉集の舒明《じょめい》天皇の歌「国原は煙立ち立つ」を踏まえ、津軽の春を言祝《ことほ》ぐ。三首目、遭難死した北朝鮮の漁民たちに思いを寄せる。

【永田和宏選】　四月二十三日

☆する予定全くなかったケンカしてポカンと空いた春の一日
（富山市）松田わこ

☆鹿たちをかわして向かう税務署の署という漢字は少し強面
（奈良市）山添聖子

ウクライナに必勝しゃもじ持参して露呈されたる「観戦」気分
（出雲市）塩田直也

「新兵を募集してます　要るものはあなたの命ひとつだけです」
（観音寺市）篠原俊則

その首がその身を引っぱるようにして沼面を白鳥飛びってゆく
（館林市）阿部芳夫

はりつきし桜のはなびらそのままに傘をたたみてバスに乗りたり
（京都市）丹羽夜舟

母の味知ることもなく我が作る料理の味に孫は慣れゆく
（亀岡市）俣野右内

恐竜の肉でも食わせるつもりかよ献立表の飛竜頭読めず
（横浜市）太田克宏

ずれそうなパンツのゴムを通す時ああこれが独りなんだと知る
（高松市）島田章平

最強の面子《めんこ》とりだし挑みしが川上哲治裏返りたり
（ひたちなか市）篠原克彦

評　松田さん、こんなことってあるよなあ。でもまあ歌一首はできたわけだし。山添さん、確かに署にはどこか厳《いか》ついイメージが。塩田さん、戦争は勝ち負けよりも、如何《いか》に犠牲を少なく終わらせるのかが最も肝要なのに、「必勝」とは。

【馬場あき子選】　四月二十三日

生きがたき世の中なれど今年またつばめが日本にやって来ました　（蓮田市）斎藤哲哉

ＡＩが人を探して自爆するそんな世界をアトムは知らず　（霧島市）秋野三歩

生きてこそ喜びのあり袴田さん面差し静か深きまなざし　（八王子市）井上紀子

母になることは嬉しいはずなのにつらい社会か少子化進む　（京都市）中尾素子

☆する予定全くなかったケンカしてポカンと空いた春の一日　（富山市）松田わこ

確実に聴力失う友と居て勉強中の手話と筆談　（東京都）赤津澄子

勝負決まる大谷投球見んがため男らは泥つき野良着で部屋へ　（飯田市）草田礼子

もうじきに開花宣言病棟に美容師さん来て髪を刈りたる　（山陽小野田市）磯谷祐三

乳牛を殺し生乳捨てるとふ輸入チーズを買ふに迷ひぬ　（横浜市）芝　弥生

兵器より家族の写真が一番の武器と語りしウクライナ兵は　（神奈川県）髙橋静一

評

第一首、生きづらい生活感の中に飛び込んできたつばめの懸命な生の姿。第二首はアトムさえ察知できなかったＡＩの世の危機感。ともに複雑な気分。第三首は半世紀を超えての冤罪《えんざい》を闘った人の人生を見せた下句。

【高野公彦選】　四月三十日

一人居で今日の会話は買物のレジでひとこと「袋下さい」
（藤沢市）水城茂子

一面にきょうウクライナの文字はなし激戦のままつづく膠着《こうちゃく》
（新潟市）太田千鶴子

☆就職で大阪へ行く前の晩兄貴はずっと「戦メリ」聴いていた
（甲州市）麻生　孝

ふっくらとした字で「敬客愛品」と書かれたトラックわが前走る
（鹿嶋市）津田玲子

うぐいすの上手な声を聞きました入社2年目になる春の朝
（富山市）松田梨子

コロナ禍の三年過ごしし新入生を想って立てる授業計画
（名古屋市）百々奈美

給付金配るニュースにああそうかもうすぐ選挙なのかと気づく
（観音寺市）篠原俊則

福島の避難地域の窃盗が十二年間絶え間なく続く
（いわき市）守岡和之

この国が希望に満ちたところなら放っておいても子供は増える
（菊池市）神谷紀美子

亡き子にも誕生日また巡りきて五月下旬に五十歳になる
（三浦市）秦　孝浩

評　一首目、会話する機会の少ないこのような一人暮らしの人がいま多数いるだろう。二首目は「激戦のままつづく膠着」の語が苦境を浮き彫りにする。三首目、坂本龍一氏の訃報に接して蘇《よみがえ》った「戦場のメリークリスマス」の旋律。

【永田和宏選】　四月三十日

小学校の六年間をなぞるように袴のひだをたたんでおりぬ　（奈良市）山添聖子

三越のライオン像もハチ公もマスク外せる春となりたり　（観音寺市）篠原俊則

園児らはさくら散る中おにごっこだーれもマスクをしていなかった　（町田市）山田道子

☆就職で大阪へ行く前の晩兄貴はずっと「戦メリ」聴いていた　（甲州市）麻生　孝

迷いつつ昇り降りする階段の手すりのような君のやさしさ　（札幌市）住吉和歌子

ふきのとうをとるため土手にのぼるだけで周囲に心配かけると知りぬ　（盛岡市）山内仁子

垂直の壁にあたりて上昇する風は運べりたんぽぽの絮《わた》　（京都市）丹羽夜舟

木に登り遠くみていた紙芝居五円の水あめ買えないときは　（宇都宮市）手塚　清

さくら桜歌われる桜描かれる桜撮られる桜詠まれる桜　（東京都）白竜千恵子

赤ちゃんがこの世の終わりのように泣く案外きみが正解かもね　（東京都）上田結香

評

山添さん、「六年間をなぞるように」に子の成長をもっとも近く見てきた母親の実感が。篠原さん、山田さんは、いよいよ幕を閉じるマスク生活を目の当たりに。麻生さん、坂本龍一氏は「戦メリ」の作曲もしたが、出演もしていた。

【馬場あき子選】　四月三十日

八条《はしょ》ケ《が》谷《たに》の水面にうつる花のかげ宣長翁のしずかな眠り
（松阪市）こやまはつみ

留学の娘とめぐる独逸旅ＮＡＴＯ戦車隊と行き交いぬ
（東京都）鈴木ひろみ

巻き緩き春キャベツの葉をはがす時産地の畑の風の匂いす
（岩沼市）相澤ゆき

線量を知らせる記事はとうに消え再稼動のこゑ蠢《うごめ》いてゐる
（前橋市）和田　明

廃炉への永遠の迷路を指すばかりロボット写す無量のデブリ
（埼玉県）酒井忠正

お彼岸のお参り終えて下り来る正午の法螺貝《ほらがい》響く長谷寺
（奈良市）山添聖子

チョコチップクッキー食べて少しずつマイナス思考のネジ緩みだす
（富山市）松田わこ

水温《ぬる》む荻窪湿地に伸び始む芹を探して酒の肴に
（前橋市）松村　蔚

山野からのキブシみやげに電車にて諏訪へ子守りに行きし日もあり
（飯田市）草田礼子

サバ不漁・ブリは豊漁〈大衆魚〉の役目を代える温暖化の波
（横浜市）毛涯明子

評

第一首の本居宣長の墓は松阪市山室町高峰にある。山室山からの風景を好み遺言して墓地を決めたといわれる。季節の花が咲くだけの静かな眠りに心奪われる。第二首はたまたまの出会いながら時節がら心に残る光景だ。

【佐佐木幸綱選】　四月三十日

ささがきより千切りがいい「早く言ってよ」二八年目のきんぴらごぼう
（さいたま市）秋間由美子

笠智衆みたいに海見る猫がいて尾道御寺甍《いらか》堂々
（名古屋市）磯前睦子

中空より胡桃《くるみ》を落とす烏一羽五度めに割れてくわえ飛びゆく
（長井市）大竹紀美恵

七人の席に四人がスマホ持ちネットの海に釣り糸たらす
（京都府）片山正寛

妻というこよなき人を失いて何の桜ぞ泣き暮れている
（舞鶴市）吉富憲治

花立てに水をそそげば三センチほどの蛙が顔をだしたり
（仙台市）小室寿子

数分に一度聞かれる数分に一度答える「ご飯は食べたよ」
（半田市）石橋美津子

町内のロシア正教の司祭さん寺の和尚とバンドの仲間
（日田市）石井かおり

少子化の今を見ている十一人育てしという曽祖母の遺影
（仙台市）沼沢　修

横顔の子規載る参考書も見つけそと雨戸繰《く》る亡き父母の家
（京都市）森谷弘志

評　第一首、ささがきのきんぴらごぼうをつくりつづけてきた妻の一首。おもわず笑ってしまう夫婦の時間。第二首、海を見下ろす尾道の町がよく似合う猫が楽しい。第三首、作者は努力家のカラスの行いをずうっと見ていたのだ。

【永田和宏選】　五月七日

病床の母に言えないありがとう言えば死ぬこと知られてしまう
（宮城県）田所純一

はるかぜに六基の風車の揚力で山は浮こうと考えている
（出雲市）塩田直也

龍一と龍馬は共に志半ばにしての死を迎へたり
（筑紫野市）二宮正博

また一人教授が去った最後まで握り続けた非戦の二文字
（札幌市）橘　晃弘

その人は教授と呼ばれ若者はもみあげ剃つてFMを聴く
（相馬市）根岸浩一

☆サザエさんのようだと思えばお財布を忘れてしまったこともうららか
（仙台市）小室寿子

半分に水を減らした金魚鉢膝に抱へて引つ越しの朝
（さいたま市）齋藤紀子

先輩がニヒルに「相談のる」と言う「オレは男を見る目はあるぞ」
（富山市）松田梨子

☆春休み校長文庫の返きゃくへ小学校はもうなつかしい
（奈良市）山添　葵

Aくんがきゅう食のこす言いわけはいいんだぶたのえさになるから
（成田市）かとうゆみ

評

田所さん、死期近い人に「ありがとう」を言うのは本当に難しい。私にも覚えがある。塩田さん、のどかな春、山も浮きそうだ。二宮さん、橘さん、根岸さん、いずれも坂本龍一氏を悼む歌。八首目松田さん、こういう先輩って居るよね。要注意！

【馬場あき子選】　五月七日

ＡＩが悟りひらく世か高台寺でアンドロイドが仏道を説く
（朝霞市）岩部博道

少しずつ子は遠くへと半径の伸びてゆく春よもぎを摘めば
（奈良市）山添聖子

滝道に沿ひて小さき寺ありて道案内は山羊《やぎ》の呼ぶ声
（伊豆市）滝川明子

生きづらき思春期を子ら生きてゐるマスク一つを外せぬままに
（富士市）村松敦視

田に畑に鍬一筋の一生は燕来る日のこころ喜ぶ
（津市）中山道治

馬鈴薯の畑《はた》に蝶《てふ》舞ふ三方原《みかたばら》家康敗走わが散歩みち
（浜松市）松井　恵

日没の位置を日に日にずらしつつ放牧させる乳牛駆ける
（福井市）佐々木博之

渡り鳥皆北国に旅立って四月の津軽いたって静か
（五所川原市）戸沢大二郎

☆はじめてのがくどうほいいく「いきいき」はとってもこわい先生がいる
（大阪市）香西優花

追いかけて大声出して跳ね回るマスクなくなり生きてる校庭
（神戸市）掘井俊則

評　第一首、ＡＩに悟道はない。しかし秀吉の正室高台院が眠る名刹《めいさつ》高台寺で説法するロボットの姿は何とも異様な光景だ。第二首は子の成長により生まれる距離感のさびしさがよもぎを摘む姿にある。第三首の山羊の声が何とも嬉しい。

【佐佐木幸綱選】　五月七日

忽然と水平線は浮き上がりややありて聞く春夜遠雷
（堺市）芝田義勝

新教師が柔らかいうちに抱きついて子らは自分のスタンプを押す
（甲府市）村田一広

本満寺のしだれ桜は散りてなお輝き増せり新芽となりて
（西宮市）佐竹由利子

キッチンが土間のお勝手であったころいばっていたね泥つき野菜
（名古屋市）山守美紀

椅子もろともリフトに吊られ湯船に入る揚げ物の具になりたるここち
（和泉市）長尾幹也

自転車を降りて明るい通学路黄色帽子と並んで歩く
（東京都）林　真悠子

妹は「はしびろこう」が兄ちゃんの友達の名と思ってるよう
（川崎市）小暮里紗

☆はじめてのがくどうほいく「いきいき」はとってもこわい先生がいる
（大阪市）香西優花

求道者の祈りのごとし龍一の最後となりしピアノ演奏
（神奈川県）吉岡美雪

繋《つな》がれしまま被曝して置き去りの牛あはれみしムツゴロウ逝く
（前橋市）荻原葉月

評

第一首、海上の春雷を表現して魅力的。無音の時間のかすかな明るさが目に見える。第二首、幼稚園か小学校低学年の新学期だろう。「自分のスタンプ」がユニーク。第九首は坂本龍一氏、第十首は畑正憲氏への挽歌《ばんか》。

【高野公彦選】　五月七日

春天へ消え入りそうな昼の月ふいにこの世の白日無音
（福島市）美原凍子

電子音の申し子坂本龍一が闘病の日に愛せし風音
（神奈川県）吉岡美雪

夕刻にきぼうの光が空を行く諍《いさか》いのない宇宙への扉
（尾道市）森　浩希

花束が給湯室にあることを知らぬ振りする退職の今日
（富山市）森田裕子

ウクライナの既婚の兵は冷凍の精子を残し戦地に向かう
（三郷市）木村義熙

スリッパのプーさんたちと目が合ってつい微笑んだ実家のトイレ
（富山市）松田わこ

☆サザエさんのようだと思えばお財布を忘れてしまったこともうららか
（仙台市）小室寿子

にぎやかに小店ずらりと立ち並び名のみ残れる「哲学の道」
（高槻市）藤本恵理子

地下鉄の中で会釈を交わしおり名の出ぬことをともに秘めつつ
（仙台市）沼沢　修

☆春休み校長文庫の返きゃくへ小学校はもうなつかしい
（奈良市）山添　葵

評

一首目、宇宙の永遠性を思わせるような、あるいは逆に「色即是空」を思わせるような不思議な作。二首目、電子音と風音は対極的な音のようだが、坂本氏は両方を愛したようだ。十首目、葵さんはこの四月から中学生になった。

【馬場あき子選】　五月二十一日

フクシマを教訓にしてドイツでは脱原発を完了しにけり
（京都市）丹羽夜舟

真実は一つというがテミス像冤罪《えんざい》の身の春はいつくる
（東京都）山形佳久

草花の匂ひ楓の樹の香りマスク外して打ち解ける春
（東京都）大泉章子

折れ傷に包帯のようにテープ巻くゼラニウムに春つぼみが七つ
（山口県）庄田順子

こどもらと呼べば走ってくる山羊とこない羊のいる幼稚園
（横浜市）島巡陽一

姉たちのいない時そっとハグをして肩たたきくれる小一の孫
（一宮市）園部洋子

弁当を使うと言って笑われた美味いをやばいと言う後輩に
（京都市）尾関純也

釘打たぬ様式の棺に釘打たせ謂はれを説きて通夜の膳へ
（東根市）庄司天明

☆中学校最初の課題は自分新聞　広告らんには「じゃんけんできめる」
（奈良市）山添　葵

強がりにさびしい響きはあるけれど強がり言わねばもっとさびしい
（館林市）阿部芳夫

評　ドイツは世界にさきがけて去る四月十五日、段階的に停止してきた最後の原発を停止させた。第一首はその原点の一つにフクシマの原発災害があったことを指摘して日本の対応を考えさせる。第二首のテミスは法と正義の神。

【佐佐木幸綱選】　五月二十一日

「今朝初仔が産まれました」と馬主の筆跡おどる駈歩《かけあし》のごと
（日進市）木村里香

鬼怒川の浅瀬を鼬《いたち》泳ぎ切りひと息ついて身震いをする
（栃木県）川崎利夫

猫よりも小柄な身体　蹲《うずくま》るつくばいの水鼬そと飲む
（大津市）門脇喜代子

沢山《たくさん》の本をかかえて待つ親子やっと図書館出来たわが市に
（富津市）川名　興

つぼみ多き薔薇の開花を楽しみに通う四月の絵画教室
（長崎県）稲垣妙子

玄関で小さなリュックが飛び跳ねる我慢できないお出かけの朝
（江別市）長橋　敦

満開のつばきをたたく猛吹雪わずか十分の華麗なるショー
（盛岡市）山内仁子

去年《こぞ》の春生れし蝦蟇《がま》の池にきて水に潜りて水を確かむ
（八街市）藤田悦子

ギーギーと雄雉《き》子《じ》鳴きつつ藪に入れば雌がキョキョキョキョと後を追いゆく
（取手市）緑川　智

一度だけ週刊朝日に載りました赤字に悩む『私の家計簿』
（高松市）塩田八寿子

評

第一首、まるでかけあしのような手書きの字で書かれた掲示板。なんとも嬉しそうだ。第二、第三首、イタチの歌が二首並んだ。繁殖期なので各地に出没しているのだろう。第四首、楽しそうな親子があつまる新しい図書館。

【高野公彦選】　五月二十一日

まなざしのきらめきで鹿は見分けおり観光客と土地の者とを　（奈良市）山添聖子

庭掃除している人も深々と礼をしてくれる法隆寺の美　（東京都）上田結香

原発を進めたような過ちを繰り返すのかカジノ誘致し　（横浜市）人見江一

御《ぎよ》衣《い》黄《くわう》のうへにも黄砂飛来して降りかかるさま思ひて眠る　（京都市）森谷弘志

黄砂降る予報を聞きてウォーキング明日の分まで距離を延ばしぬ　（豊岡市）玉岡尚士

婆ひとり桜前線追ひかけて蔦温泉に花びらと入る　（坂戸市）納谷香代子

片脚で立って靴下履くことを誇り合うなり古希の面々　（豊中市）夏秋淳子

風に舞う2つ3つの花びらに身構える君むかし保護犬　（横浜市）太田克宏

コンビニで死亡届をコピーして兄の携帯解約に行く　（東京都）村上ちえ子

☆中学校最初の課題は自分新聞　広告らんには「じゃんけんできめる」　（奈良市）山添　葵

評　一首目と二首目、歴史ある観光地のそれぞれの情趣。三首目、経済優先の政策が窮状を招くことへの危惧。四首目、あの美しい桜にも黄砂が降るのか、と心配しつつ。十首目、広告欄には恥ずかしいけど自分たちの歌集を、と。

【永田和宏選】　五月二十一日

助手席に座ることなどなくなりて後部座席の客となりたり
（豊中市）夏秋淳子

四畳半共同便所不便さが青春だったと思える昭和
（観音寺市）篠原俊則

識者評す「知ったかぶりの人物と話す感じ」とチャットGPTを
（東京都）岡　純

温泉のひとつ湯舟にひたるごと死に親しみを抱く日あるとは
（和泉市）長尾幹也

導体と半導体と絶縁体人間関係のことかしら
（新潟市）太田千鶴子

朽ちゆけるブナの根方にやはらかく余蘖《よげつ》生ひたつ森のゆたかさ
（浜松市）松井　恵

女性議員女性教授の女性つかぬ日の来むことを望む春の日
（船橋市）佐々木美彌子

ねだりたる子は親となりねだられて子と観るミッキーミニーは老いず
（大津市）隈元直子

心病む人とわかっているけれどずっとは優しくできない四月
（川崎市）川上美須紀

父ちゃんは僕の母ちゃん軽々と抱っこするぜと自慢げに言う
（横浜市）丹羽口憲夫

評　夏秋さん、夫が居なくなり、助手席という自分の場を失ってしまった哀しみ。篠原さん、まさに我々の青春。アパートではなく殆《ほとん》どが下宿だった。岡さん、識者でなくとも同じ感想を持つだろう。意外性のある回答は出て来ない。

【佐佐木幸綱選】　五月二十八日

☆メールにて徴兵をする時代まで開いてしまったこの戦争は
（東京都）十亀弘史

木製の冷蔵庫・手動洗濯機博物館に昭和の並ぶ
（札幌市）伊藤　哲

徘徊にあらず昭和はステテコで煙草を買いに来る人がいた
（大和郡山市）四方　護

ビデオ買い娘《こ》らばかり撮り父母《ちちはは》を撮ってこなかったこと今気づく
（稲沢市）山田真人

音も無くシングルスカル漕ぎ行けりさざなみ寄する小さな入江
（枚方市）秋岡　実

鯛釣りの漁船並びて浮びをり鳴門海峡朝の凪なり
（箕面市）遠藤倫子

足の裏さすって励まされにゆく通天閣のビリケンさんに
（寝屋川市）今西富幸

山椒はいま盛りなりひたぶるに揚羽蝶《あげは》を待てばカメムシの来る
（伊賀市）秋田彦子

冷め切ったカフェオレゆっくり飲み干した頼みにくいこと頼んだ後に
（富山市）松田わこ

ぬいぐるみのトトロも洗われ入口で四月の子ら待つ学童保育所
（山口県）庄田順子

評　第一首、ロシアでは、電子化した召集令状の通知を合法化する法改正案を可決した、との報道があった。第二、第三首、すでに昭和はずいぶん遠くなってしまったとつくづく思う。第四首、同じ思いをしている人も多いだろう。

【高野公彦選】　五月二十八日

仕事夢家族将来サウナ恋　話題尽きない二次会の席
（富山市）松田梨子

マイナンバーカードが電子徴兵に使われるかもしれない未来
（観音寺市）篠原俊則

守り来し生活のリズム崩れゆく大谷出場をＬＩＶＥで見んと
（流山市）阿武順子

駅ピアノにショパン弾きゆくパン屋さん彼の焼きたるパンを食べたし
（東京都）八巻陽子

車椅子の眼の高さにてものをいふヘルパー来ねば今日のさびしさ
（東大阪市）山本　隆

「２六歩」藤井が初手を指すときの静かな海へ漕ぎだす孤独
（光市）松本　進

昭恵氏の「主人」というに驚きぬ安倍か夫《おっと》と言ってほしかりき
（船橋市）佐々木美彌子

特養に空きができたと知るたびに知らぬ誰かの死を漠と知る
（横浜市）太田克宏

コロナ禍のマスクに見たりわが国の恐ろしきほどの同調圧力
（春日市）横山辰生

水曜は飲まないという約束を遺影の妻は笑みて見守る
（大田市）安立　聖

評　一首目、若い人ほど二次会の話題は豊富で楽しいだろう。二首目、国民を管理し易くする恐ろしい制度であることは確かだ。三首目、生活のリズムを崩してでも見たい二刀流・大谷。四首目「ショパン」「パン屋」は偶然の一致。

【永田和宏選】　五月二十八日

あの六月きみの無言が続いてた樺《かんば》美智子の死を知りてのち　（仙台市）藤野　章

☆メールにて徴兵をする時代まで開いてしまったこの戦争は　（東京都）十亀弘史

犯人になる前の人物が通り過ぎゆく防犯カメラ　（横浜市）山田知明

たこ焼と何でもありのこの街にやがてカジノができると言うが　（豊中市）夏秋淳子

追憶は遠心器まわす父の手の蜂蜜に濡れて甘き指先　（光市）永井すず恵

今日カフェに「卒業写真」が流れてた亡妻《つま》と詠まれて苦しくないか　（仙台市）二瓶　真

上を向け前を向くべし八十歳転ばぬやうに下も見ながら　（仙台市）坂本捷子

古街道なぜかなつかし一里塚そは四次元の立ち位置見せて　（仙台市）石野和夫

悶悶としていてひょっと気がついた門がまえには逃げ口がある　（新潟市）太田千鶴子

いつまでもおたまじゃくしのままでいいカエルなんかになんでなるのさ　（埼玉県）水野勝浩

評　藤野さん、六〇年安保の樺美智子の死。友の無言にその衝撃の大きさが。十亀さん、そんな時代がもうすぐそこまで迫っている気がする。山田さん、直前の行動として残る映像。正確にはまだその時は犯人ではないか。

【馬場あき子選】　五月二十八日

まっぷたつにキャベツを切れば断面のアルツハイマーらしき空白
（松阪市）こやまはつみ

トリチウムいかほど流せど海深み浄《きよ》むるべしとひとは気儘に
（福島市）青木崇郎

戦争はこうして静かに忍び寄る学術会議への人事介入
（観音寺市）篠原俊則

十年後ガニメデからの朗報を届けてくれる探査機が空へ
（尾道市）森　浩希

ゆく春や枯れた薄《すすき》の茎に咲く花のようにも野鶲《のびたき》とまる
（広島市）たてだじゅんこ

持ってると少し幸せになれるもの赤い風船探しに行こう
（奈良市）山添　葵

「日本にはどうしてデモが少ないの」フランス人に問われる五月
（東京都）十亀弘史

新人のスーツ姿が運んで来た車内に満ちる街の春風
（東京都）佐藤仁志

お隣りの幼は小2になると言う両手でひざを押さえおじぎす
（大阪市）多治川紀子

柔らかな風に揺られて利休梅清《すが》しき白さ早春の便り
（須賀川市）近内志津子

評　第一首はキャベツの断面から人間の脳内を思い、その空白の多さにアルツハイマーを思う。春めく視野の多少ユーモラスな視線。第二首は福島の海に放出される原子炉汚染水への不安。人間の身勝手が生む汚染拡大への怖れ。

【高野公彦選】　六月四日

社員募集　高給賞与あり食事付き業務は簡単な戦闘　ワグネル　（朝霞市）岩部博道

「剣呑《けんのん》」という字に思うウクライナまたやって来る二年目の夏　（寝屋川市）今西富幸

戦中の産めよ殖やせよ思ひ出づ少子化対策と呼称変はれど　（志摩市）田畑実彦

ホームラン放ちてかぶる重厚な兜の似あふ大谷翔平　（横浜市）松村千津子

波平とノリスケとマスオ結婚をするなら誰って話す銭湯　（富山市）松田わこ

さえずりは眠気覚まさず誘うのみうぐいす鳴き交う午後のキャンパス　（名古屋市）百々奈美

年長けて眼鏡総入れ歯補聴器の補助器具に助けられつつ生きる　（いわき市）守岡和之

連休の老いはさびしも園芸店に買うあてのなき花を見にゆく　（下野市）若島安子

転倒の防止といはず暴漢の撃退といひて杖を携ふ　（ひたちなか市）篠原克彦

☆えほんではかわいかったと本物のヒキガエル見てべそかく娘　（川崎市）小暮里紗

評　一首目、ウクライナに侵攻するロシア軍を支える民間軍事会社ワグネル。その募集要項の裏にひそむ恐ろしさ。二首目、〈剣を呑《の》む〉という文字がウクライナ国民の強い苦痛を連想させる。十首目、べそをかく幼い女の児《こ》が可愛い。

【永田和宏選】　六月四日

人類は進化の失敗作なのか　チャットＧＰＴよ答えよ　（東京都）永谷理一郎

☆目をおめめと言われおめめをしかと開け目薬さしてもらう春昼　（和泉市）長尾幹也

ただ一度生まれ来たりし悲しみを詠みし男もベラフォンテも逝く　（観音寺市）篠原俊則

ベラフォンテのさくらさくらを詠いたる歌残されてベラフォンテ逝く　（水戸市）中原千絵子

あした海へゆこうひとりでゆこう複雑な涙がこぼれる前に　（山陽小野田市）磯谷祐三

よさそうな赤ちょうちんを見つけるとおまえが死んだこと思いだす　（東京都）浅倉　修

☆姉ったら恋の話もオープンでとうとう父は出かけていった　（富山市）松田わこ

「四方さん」と呼ばれなくなり五十年金婚式とはそういうことか　（大和郡山市）四方　護

高橋は四つの口がありながら愚痴や無駄口叩《たた》かぬ奴なり　（名古屋市）今出公志

4回も半分にして「数独」に折り目が来ない絶妙な位置　（八千代市）砂川壮一

評　永谷さん、実際に問うてみると失敗作ではないと。いつも優等生の回答でまあ驚きはない。長尾さん、あの幼児言葉だけはなんとかして欲しいもの。十首目砂川さん、私と同じことに気づいていた人もいたのか。朝日の「be」だろう。

【馬場あき子選】　六月四日

石垣の無口なタクシー運転手指さす先に新設の基地
（枚方市）細美哲雄

高々と赤子持ちあげ初めての桜のなかを泳がせてやる
（東京都）渋谷敬子

☆姉ったら恋の話もオープンでとうとう父は出かけていった
（富山市）松田わこ

将来の夢問う声に口つぐみ18歳の秘めたる決意
（名古屋市）百々奈美

昼休みマックの卓に突っ伏して新入社員か疲れきってる
（千葉市）駒井ゆきこ

デイサービスの小暗き隅に職員はわが車椅子拭《ぬぐ》いくれおり
（和泉市）長尾幹也

学校で育ちし二匹アサギマダラ声援送られ高く翔び発つ
（沼津市）松下初恵

鹿児島の芋焼酎のやさしさよ口に含めば湾の長閑《のどか》さ
（岐阜市）後藤　進

浴衣着て下駄の音高く外国人城崎の湯謳歌《おうか》する
（昭島市）飯田　弘

下校中女の子と帰ったよ楽しいな話おもろいまた帰りたい
（川崎市）岩崎　理

評　第一首は観光目的で行ったのかもしれない石垣島で、無言で指さす運転手の視線の彼方《かなた》には真新しい立派な基地。緊張が走る。第二首は嬰児《えいじ》にみせるはじめての桜、見せる方も感慨深い。第三首のお父さんは少し閉口か。

【佐佐木幸綱選】　六月四日

光の子のゆらゆら踊る海面に釣り糸垂らす夫と並びて
（長井市）大竹紀美恵

マスクしたあなたの顔しか知らなくて「せーの」で外し二人で笑う
（岩国市）石井久美子

☆えほんではかわいかったと本物のヒキガエル見てべそかく娘
（川崎市）小暮里紗

力なき水母《くらげ》らなれど鎧橋ここまで来たり春、大潮に
（逗子市）織立敏博

後ろの子タンポポの絮《わた》差し上げて母の自転車スピード上がる
（つくば市）藤原福雄

鹿島神宮の御田植祭に奉納する早乙女舞の素顔のひかる
（鹿嶋市）大熊佳世子

世界でも日本でもないこの町の時代を見せて選挙は終はる
（東京都）大村森美

☆目をおめめと言われおめめをしかと開け目薬さしてもらう春昼
（和泉市）長尾幹也

寛大で寄附もたっぷりする友が山菜採る場所ヒ・ミ・ツと言えり
（水戸市）中原千絵子

青春の「朝日ジャーナル」捨てました明日から老人ホームに暮らす
（海南市）樋口　勉

評　第一首、おだやかな春の海に釣り糸を垂らす夫婦。時間がゆっくり進んでゆくようなのどかさ。第二首、コロナ禍の間に友達になり素顔を見たことがない二人だったのだろう。第三首、現実のヒキガエルをはじめて見た娘さん。

【永田和宏選】　六月十一日

デニソワもネアンデルタールも皆消えたホモ・サピエンスは自ら崖に　（福島県）添田敏夫

「戦争」と言ふ季語はなく何どきも季も場所さへ選ぶことなし　（香取市）嶋田武夫

入棺体験無料とありし棺の中よもつくにへと蓋を閉めらる　（東京都）長谷川　瞳

小学生でもなく中学生でもなく春休みの私は何者ですか？　（奈良市）山添　葵

お互いに「二人羽織」を演じてたあれを愛だと言えたのだろうか　（焼津市）野沢たか子

２Ｂのえんぴつほどの優しさで五月の海と空は分かるる　（神戸市）松本淳一

落ちぶれてが口癖の友と飲んでいる飲み屋に似合う言葉と思う　（静岡市）堀田　孝

「不登校」「ＨＳＰ」「ひきこもり」つけられた名が人格を持つ　（横浜市）菅谷彩香

何事も無かつたやうににんげんはマスクを外し外へ出でゆく　（横浜市）滝　妙子

織姫と彦星との距離十四光年ちょっと長目の単身赴任　（東京都）佐藤幹夫

評　添田さん、旧人類は進化の過程で現生人類にとって代わられたが、現生人類は自らを崖っぷちに追い詰めている。もちろん戦争で。嶋田さん、成程《なるほど》、戦争は季語にはなり得ない。長谷川さん、何の為《ため》の体験？　でもやってみたいか。

【馬場あき子選】　六月十一日

五キロで踏むと爆発する地雷ゆゑ四キロの犬ウクライナを救ふ
（京都市）森谷弘志

母が摘みし好きな押し葉が挟まれて牧野植物大図鑑厚し
（浜松市）松井　恵

雀の子巣より落ち来て手に取れば速き鼓動の胸暖かし
（茨城県）矢次富士子

トラクターのミラーに映る瑠璃の色ブッポウソウが飛来する朝
（安芸高田市）安芸深志

牧野さんオオイヌノフグリ見つけたよこの名付親もあなたでしたね
（北海道）小松祥一

父が逝き妹が逝き母が逝き牛乳飲めばテーブル広し
（関市）武藤　修

市役所を辞して教へ子父親と弟と一緒に牛飼ひ始める
（札幌市）藤林正則

山寺のラジオ体操来し子らに盥《たらい》に生れしメダカを分ける
（さいたま市）齋藤紀子

☆軽トラに積む百箱のとりたての朝のキャベツがまだ濡れている
（三浦市）秦　孝浩

代掻きの畦にシュレーゲルアオガエルのわが拳ほどの白き卵塊
（光市）永井すず恵

評　第一首は地雷が爆発する重量が五キロであることに改めて衝撃を受ける。残酷な爆薬がはかりしれないほど埋められているのだ。第二首は植物好きのお母さんの押し葉が牧野植物大図鑑の重いページに。本格的に好きだったのだ。

【佐佐木幸綱選】　六月十一日

踏みしめて朝の山道ゆくときに横切る春の蛇みずみずし
（横浜市）黒坂明也

北琵琶湖のきらめく小江《おえ》に魞《えり》立ちて小船一艘《いっそう》漁《いさ》りする見ゆ
（長浜市）磯山武士

竹製の三十センチ物差のかすれた目盛り父の手触り
（稲沢市）山田真人

島を出て初の帰省か五月には若葉マークの車が増える
（山口県）庄田順子

☆軽トラに積む百箱のとりたての朝のキャベツがまだ濡れている
（三浦市）秦　孝浩

建て売りの色あせし旗今日は消え戸口に赤い子供自転車
（つくば市）土井桂子

隅田川の河口東岸はつなつの漕艇《そうてい》のこえ岸にとどけり
（東京都）松本知子

宮崎県日向市議選六人の黒木さん立ちみな当選す
（日向市）黒木直行

六冠でも苦手なものは苦手なり藤井聡太はきのこが苦手
（東京都）庭野治男

九十七歳の義父がハモニカ練習す百歳の女《ひと》に聴かせんとして
（長野市）原田浩生

評　第一首、冬眠からさめて出てきたばかりの蛇を「みずみずし」と見た新鮮さ。第二首、琵琶湖の伝統漁法・魞漁である。昔がふと浮かび出たようななつかしさ。第三首、我が家にも竹製の三十センチの物差しがあった。

【高野公彦選】　六月十一日

凧《いかのぼり》もなくなり鯉幟《こいのぼり》もあらぬ高殿《たかどの》増えてゆく町となる
（京都市）森谷弘志

家持の歌に知る「珠洲《すず》」災害の能登の地震は悲しかりけり
（東京都）鈴木ひろみ

戴冠式《たいかん》キャンセルをして来ましたと冗談で笑う入居者愛《いと》し
（横浜市）太田克宏

取り立ての楤《たら》の芽こごみコシアブラ縁に広げて健脚の父
（福島県）安部みさ子

晴れやかな靴擦れがあるとするならば入学式の日のパンプスの
（奈良市）山添聖子

過疎村になった喜び湧いてくる岩間に戻るヤマメを見れば
（安芸高田市）安芸深志

月山《がっさん》の山葡萄ジュース飲み干して心は巡る初夏の海坂《うなさか》
（相模原市）石井裕乃

鳥海《てうかい》に種まき爺婆《ぢいば》馬そろひ田植ゑ忙し庄内平野
（横浜市）白川　修

戦ひと飢ゑと黄金週間とみんな同時に起きてゐること
（焼津市）増田謙一郎

献立と短歌《うた》を交互に考えつつスーパーへ向かう夕暮れの道
（川越市）津村みゆき

評　一首目、京都市をモデルに時代の変貌《へんぼう》をえがく。高いビルを「高殿」と言ったのが面白い。二首目、万葉集に「珠洲の海に朝開《あさびら》きして漕《こ》ぎ来れば……」の歌がある。三首目、作者の勤める高齢者施設にはこんなユーモラスな入居者も。

【馬場あき子選】　六月十八日

☆新しい出会いいくつかある五月木もれ日がいつもより愛しい
（富山市）松田わこ

銀色の千茅《ちがや》を九本腰にさし吾子は九尾の子狐となる
（奈良市）山添聖子

☆登校は一人で歩く同じ道お姉ちゃんはもういない春
（奈良市）山添聡介

羊の毛刈りゆく男ははつ夏を知らせるごとく村を巡りき
（観音寺市）篠原俊則

生え替はる鹿の冬毛を啄《ついば》みて鴉は作る雛《ひな》の寝床を
（名古屋市）木村久子

小一と四歳の子にせがまれて二人抱っこするママの細腕
（栃木県）川崎利夫

息子から黙って届く母の日のリボンをかけたクッキーの箱
（須賀川市）近内志津子

草原の露に濡れたる山羊のからだ星きらきらと出産を待つ
（市川市）吉住威典

「スケルツォ」のリズムたのしい日曜日ショパンを聴きつつネギ刻む朝
（藤沢市）遊佐英利

母の日や母のない子のさみしさを知っていそうな花屋の店主
（宇都宮市）手塚　清

評　若い世代にとって第一首の「新しい出会い」はまさに未知との出会いだ。一つひとつをかみしめながら歩む初夏の木もれ日も新鮮。第二首の千茅の細茎が生きる。九尾の子狐が可愛い。第三首の下句の率直な実感が心を打つ。

【佐佐木幸綱選】 六月十八日

水張りし田には鳥海映りゐて田植ゑ待つなり庄内平野
（横浜市） 白川 修

水張田《みはりだ》に若葉風吹き田に映る景色はすべてさざ波のなか
（岩沼市） 相澤ゆき

高速を降りて光の海の中へダイブし都会の雑踏に溶ける
（名古屋市） 磯前睦子

虎さえもムツゴロウさんに撫でられき「よーしよしよし」の魔法にかかり
（枚方市） 住友温子

涸れ残る川底の水に舞い降りし白鷺四羽雑魚を追い詰める
（栃木県） 川崎利夫

蛍《ほたる》烏賊《いか》寄せくる初夏の富山湾われは居酒屋に「立山」で待つ
（東京都） 上田国博

田んぼからせり昇るごとき穀雨なり萌黄色した梼原《ゆすはら》の朝
（高知県） 原 真由美

☆並べればマトリョーシカのようにまた弁当箱は大きくなりぬ
（奈良市） 山添聖子

☆新しい出会いいくつかある五月木もれ日がいつもより愛しい
（富山市） 松田わこ

いちご畑を荒らす狸《たぬき》に御手上げの夫をつひには憎んでしまふ
（岩国市） 木村桂子

評

第一首、大きな風景を大きくうたう難しさに挑戦する気合。第二首、水張田に焦点をしぼって、下句、うまい。第三首、高速道路を走る緊張からの解放感。第四首、四月に他界した畑正憲氏。「よーしよしよし」の声を思い出す。

【高野公彦選】　六月十八日

太陽と月の光で暮らしたる太古の人にならむ六月
（鹿嶋市）大熊佳世子

シトラスの香りかき分け走り抜くしまなみサイクリング七十キロを
（東京都）村上ちえ子

食べ物を食い物にするテレビショー見つつ偲べりアフリカの飢餓
（五所川原市）戸沢大二郎

ゴールデンウィークが過ぎ暑くなる資格試験が二個ある五月
（富山市）松田梨子

浅蜊掘りスマホを熊手に持ちかえて春の一日原始人となる
（朝霞市）岩部博道

ぶりのアラ百五十円買い求めうなぎの翌日帳尻合わす
（三鷹市）大谷トミ子

草原に今し発たむとたんぽぽの穂絮《ほわた》は丸《まろ》く風を待ちをり
（香取市）嶋田武夫

通勤のいつもの道を急ぎ漕ぐいつもの鷺はいつも長考
（熊本市）寺崎久美子

耳遠く会話の齟齬《そご》のうとましく引き籠もる日をそよぐ風知草
（下野市）若島安子

☆登校は一人で歩く同じ道お姉ちゃんはもういない春
（奈良市）山添聡介

評　一首目、電気代値上がりの対策として、太古の人のように暮らそうと夢想する。二首目、柑橘《かんきつ》類の香りの中、しまなみ海道を自転車で走る快さ。三首目、テレビの大食い番組への批判。十首目、姉が中学生になって、別々に登校。

【永田和宏選】　六月十八日

☆並べればマトリョーシカのようにまた弁当箱は大きくなりぬ　（奈良市）山添聖子

上向きの蛇口と網入り石鹸のある水飲み場なつかし学舎　（つくば市）小林浦波

バフムトの塹壕《ざんごう》戦の攻防を見つつ今宵も晩酌をする　（五所川原市）戸沢大二郎

ロシアにもウクライナにもいるだろう教え子の死を知りし教師が　（観音寺市）篠原俊則

うたせ漁の帆船がゆくすこやかなうしほ復《かへ》りし水俣の海　（大分市）岩永知子

水馬《あめんぼ》は水面たたいて雌を呼び水面たたいて雄にこたえる　（福山市）岩瀬順治

やさしさを受け止められるやさしさが足りない私はさびしいうつわ　（松本市）上嶋晴美

アクリル板外されてなおはすかいにすわってしまう友とのランチ　（枚方市）小島節子

マイナンバーいつかはきっと徴兵の手段に利用される日のくる　（宮崎市）木許裕夫

☆登校は一人で歩く同じ道お姉ちゃんはもういない春　（奈良市）山添聡介

評　山添さん、食べ盛り。また大きくなった弁当箱に、子の成長と共に歩いた時間を実感。小林さん、二つの素材の選択が懐かしい学舎を彷彿《ほうふつ》とさせる。戸沢さん、生と死の現場を、毎晩晩酌と共に見ているこの平和とは一体何なのだ、と。

【佐佐木幸綱選】　六月二十五日

もはや狸は化けることなし仔を連れて東京の町の車道を走る
（町田市）村田知子

父の身のまわりのものを少しずつ処分する我を責めざりし父
（沼津市）山本昌代

水田に混じり黄金の畑見ゆ濃尾平野は麦の秋なり
（枚方市）秋岡　実

暑き日の葵祭の行列の斎王代の外《ほか》はゆらゆら
（坂戸市）納谷香代子

数キロを徐行ではしる「きのくに線」陽射しきらめく枯木灘見ゆ
（東大阪市）池中健一

広島の娘から来た画像ではお好み焼きもG7仕様
（出雲市）塩田直也

朝一ゆえ小蛾を外へ追い逃がすハクセキレイに瞬時食われる
（焼津市）増田謙一郎

雉子が鳴き葦切が鳴く初夏の光あふれる朝の湖
（三郷市）木村義熙

田植唄、田の草取唄、盆唄と相馬民謡歌詞のつながる
（相馬市）根岸浩一

母の作る煮込みが好きと言ってから帰省の度にトマト煮がある
（東京都）吉川　黎

評　第一首、子連れで東京の街中の車道を走る狸の親子。たぶん夜で、ヘッドライトに照らされて走っているのだろう。初二句、うまい。第二首、晩年の父上の思い出が切ない。第三首、麦秋の濃尾平野を大きくうたって印象的。

【高野公彦選】　六月二十五日

首脳らは悲痛な面《おも》で歩み出る原爆資料館のＥｘｉｔ
（出雲市）塩田直也

核の無き世界を論ずるサミットで核のボタンの真黒き鞄《かばん》
（観音寺市）篠原俊則

朝日歌壇休みの日曜炊きたてのご飯にみそ汁なきに似てをり
（横浜市）松村千津子

孫二人いるが結婚せぬ孫と子を持たぬ孫わが家も絶える
（三郷市）木村義熙

前衛のアートのような目白の巣ＰＰ紐と小枝から成る
（相模原市）石井裕乃

沢村がベーブルースに真向かった草薙球場に今日も歓声
（静岡市）堀田　孝

乗客のタップ、スワイプ指おどるスマホがペットに見ゆる地下鉄
（八戸市）夏木　良

海底にアマミホシゾラフグ作の芸術的な砂のゆりかご
（郡山市）藤田好子

お四国へ瀬戸大橋をわたるとき震え湧きくる初遍路われ
（茅ヶ崎市）大川哲雄

昼休みクラスメイトと屋上で若草山を見ながらランチ
（奈良市）山添　葵

評　一首目、原爆の被害の悲惨さを見学し、さすがに首脳らの顔も深刻。二首目、米大統領は核兵器の発射命令ボタンの入った鞄を持って広島に来たようだ。三首目、5月14日に朝日歌壇が休載だったことを残念がる歌が多くあった。

【永田和宏選】　六月二十五日

核ボタン運ぶ鞄も来日す目立たぬやうに被爆の地へと
（西条市）村上敏之

これが現実　スーツ姿の首脳らがブーツにシャツの一人を囲む
（大和郡山市）四方　護

反戦と反核を説き帰路につくゼレンスキーの三十時間
（千葉市）愛川弘文

「核のなき世界をめざす」と言うけれど「核を捨てる」と誰も言わない
（朝霞市）岩部博道

天国や地獄は割と昔からペーパーレスで入れるようだ
（枚方市）久保哲也

間違えて作ってしまったような駅「安中榛名《あんなかはるな》」何にもあらぬ
（安中市）岡本千恵子

山に入る最初の儀式　奥宮あふぎ嘉門次《かもんじ》小屋で岩魚を食ふ
（取手市）武村岳男

裏山に熊の出たとふ知らせあり熊は出るのか迷ひゐるのか
（周南市）香川　文

鴨の子の逸《はぐ》れし一羽母を呼ぶ池の水輪はわれに至りぬ
（東京都）長谷川　瞳

勝者には無縁であれど敗者とは思いたくなし淡き春宵《しゅんしょう》
（亀岡市）保野右内

評

村上さん、核軍縮を論じる筈《はず》の会議にも、核のボタンが持ち込まれる矛盾。同様の歌が多くあった。ゼレンスキーの飛び入り参加は世界にどのような意味を与えたのか。久保さん、ペーパーレスが叫ばれるが、確かに昔から天国と地獄は。

【馬場あき子選】　六月二十五日

野を歩き棒振り球を打つ人を木陰で見守る鹿のひとみは
（富士市）村松敦視

初老の夫婦二人なれども五月なり兜《かぶと》を出して棚に飾りぬ
（箕面市）北野　健

黒い雨また降らすのか人類は山椒魚《さんしょううお》は憂鬱になる
（筑紫野市）二宮正博

コロナ後のピースボートの乗組員《クルー》なる君は今日しもジブラルタルを越ゆ
（仙台市）二瓶　真

田に遊ぶ山羊に初夏の風吹けば見えぬ匂いを鼻で追うらし
（佐世保市）近藤福代

ロクロ師の我は及ばずイノシシやサルの埴輪を作りし民に
（佐賀県）廣澤益次郎

脱穀の今盛りなり麦畑ウクライナへの想いいや増す
（三鷹市）吉松英美

人は去り廃れた里に今年また燕は戻り子育てをする
（西海市）前田一揆

母亡くし子どもも亡くし母の日に固きつぼみの芍薬を買う
（東京都）阪本俊子

広辞苑まっさらのまま隅飾る近くの本屋も閉店間近か
（栃木県）大野木和子

評　第一首は鹿の棲《す》むゴルフ場。歌の主役は鹿。そのひとみに人はさまざまなことを思うだろう。第二首の老夫婦が飾る五月の「兜」には人生の思いがこもる。第三首は井伏鱒二の「山椒魚」や「黒い雨」の歎《なげ》きを思い出させる。

【高野公彦選】　七月二日

名美《なぐわ》しき日向《ひむか》に竹馬の友ありて贈りくれたり陽《ひ》の実マンゴー
（柏崎市）阿部松夫

若葉ふるうように中国語は優し石川佳純《かすみ》の唇を出るとき
（水戸市）中原千絵子

夭折《ようせつ》の子のこと語らず逝きし母位牌となりて傍らに立つ
（高松市）塩田八寿子

福島の県民うたふ民謡の庄助さんは自由を求めき
（町田市）高梨守道

カラスにも人にも威嚇するオナガ高き梢でひな育てており
（つくば市）山瀬佳代子

現役の時に使った名刺入れ診察券のホルダーとなる
（川崎市）小島　敦

七十で始めた歌で晩年のわが人生は豊かになりぬ
（三郷市）木村義熙

☆参観の日の校門の守衛さん保護者通して鹿は通さず
（奈良市）山添聖子

五類にて変わりし一つ病院の待合ソファーより消えし×
（柏市）菅谷　修

「鍵善」の葛きり食べるためだけにちょっとお洒落をして京都まで
（豊中市）夏秋淳子

評　一首目、日向という美しい古名をもつ宮崎県に親友がいて、贈ってくれた南国の果実。友に感謝し、マンゴーを讃《たた》える歌。二首目は、引退を発表した卓球の石川佳純さんの使う中国語の優しい響きを味わい、活躍の日々を思う。

【永田和宏選】　七月二日

おもちゃ売り場通りしばかりにゆきずりの男の子から銃で撃たれつ　（甲府市）村田一広

パパと言ふ名の十人が振り返る木曽馬試乗子らのはしゃげる　（長野県）千葉俊彦

カーテンでちょっと手を拭く独り身のちょっとが実はとても大きい　（狭山市）奥薗道昭

この町から警察車両のいなくなりこれでG7が終ったと思う　（岩国市）石井久美子

武器供与すればロシアの民が死にせねばウ国の民が死ぬ　嗚呼　（朝霞市）岩部博道

死と隣り合はせの人等《ら》を遠く見て「ウクライナ疲れ」と緩く言ふのだ　（京都市）森谷弘志

残雪の一ノ倉沢見上げれば岩壁半ばに人影動く　（前橋市）松村　蔚

雪ふかき越後の里からいま着きし行者大蒜《にんにく》醤油に漬ける　（東京都）大村森美

蠍《さそり》座《ざ》の扉をぐいと押しやれば別の人生見出せたかも　（沼田市）堤　一巳

面会のアクリル板が外されて今日は祖母から話し始める　（横浜市）菅谷彩香

評

村田さん、微笑《ほほえ》ましい情景の筈《はず》だが、今の世ではちょっと暗示的な怖さも。千葉さん、「パパ」という呼びかけに十人のパパが一斉に振り返った。親子共々《ともども》ハイテンション。奥薗さん、この「ちょっと」を許してしまうのが独り身。

【馬場あき子選】　七月二日

今はもう飼い主に似て行儀よき保護犬二匹は容姿端麗
（小郡市）嘉村美保子

五《ご》位《い》鷺《さぎ》がじっと見ており白鷺がくわえた小鳥を飲み込めぬのを
（山口市）藤井　盛

ベニテングダケを食するエゾシカの生きの摂理に驚かさるる
（和歌山市）吉田　孝

はつなつの風が田に吹くいち日を黒山羊《やぎ》、白山羊、山見て昼寝す
（佐世保市）近藤福代

島好きで島によく来る女人から島の魅力を聴く島のわれ
（東京都）大村森美

この離島《しま》で生きねばならぬ島民の頼みの綱の老医師一人
（豊中市）夏秋淳子

足場とる迹《あと》に本堂を見回りて古釘がらくた雉子《きじ》の巣拾ふ
（東根市）庄司天明

霧晴れてぶどうを渡る初夏の風読み残したる『歎異抄』を開く
（安芸高田市）安芸深志

経読めば仔猫後ろに来て座り家族にしたと山寺の友
（帯広市）小矢みゆき

岩石ラン、咲き分けサツキ、昇りフジみごと咲く庭だあれも来ない
（松戸市）猪野富子

評　動物の動きが眼につく季節である。第一首は二匹の保護犬が飼い主を得て良犬になっていった姿。やはり嬉しい。第二首の五位鷺が面白い。落とすのを狙っているのか。第三首のエゾシカにも驚き。毒茸《どくきのこ》も平然と餌とする。

【佐佐木幸綱選】　七月二日

見えないと無いのと同じことに成るはだしのゲンが消えた教材　（筑紫野市）二宮正博

☆参観の日の校門の守衛さん保護者通して鹿は通さず　（奈良市）山添聖子

石鎚の蒼きを映す水張田《みはりだ》に燕が朝の直線を引く　（西条市）村上敏之

いちめんに早苗のひかりゆらめいて逆さの稲荷山に植えゆく　（京都市）八重樫妙子

大井川越えて天竜川渡り豊川過ぎて故里《ふるさと》の山　（船橋市）大内はる代

四号のハリスに掛かる七キロ鯛三段引きに手足震える　（長岡市）柳村光寛

母燕翼で娘閉じ込める街灯の下眠れるように　（大阪府）山岡俊介

一茎に三個の蕾つくユリのひらきはじめてリビングは夏　（長崎県）稲垣妙子

とび箱の七段飛べたと動画きた一人称がオレになってる　（東京都）篠原真理

思い出は「週朝歌壇」に載ったこと二冊求めるきょう最終号　（千葉市）高橋好美

評　第一首、広島市教育委員会が小学生向け教材から『はだしのゲン』を削除すると報じられた。第二首、鹿がたくさん歩いている奈良の学校ならではのユーモラスな場面。第三首、水張田の季節ならではの広々とした風景。

【永田和宏選】　七月九日

メルケルの言葉の重み増す世界「人道の罪に時効は無い」
（亀岡市）保野右内

ふる里は田に引く水も飲み水も産湯《うぶゆ》死に水　富士の湧き水
（富士宮市）髙村富士郎

襟正し渡辺名人淡々と一礼なして静寂《しじま》を睨《にら》む
（熊本市）田川　清

☆切り抜かず丸ごと残す新聞は二十《はたち》の名人誕生の報
（下関市）内田恒生

七星《ナナホシ》と二《ニ》十《ジュウ》八《ヤ》星《ホシ》の天道虫《テントウムシ》前者益虫後者害虫
（塩尻市）原　田鶴子

ジャーナルはキャンパスで読みデモに行き週刊朝日は夜行列車で
（小松市）沢野唯志

つばくらめ風を切りこみ風を飛び風の切れ間をはみ出してくる
（館林市）阿部芳夫

前科者とて健康なれば許される献血車といふ狭き空間
（羽村市）川元源一

☆ルピナスの色とりどりの直立を風が横切る刑務所の庭
（豊田市）小田中真秀

栴檀《せんだん》の薄紫の花と会う鴨川べりに初夏の夕暮れ
（京都市）日下部ほのの

評

保野さん、アウシュビッツ解放70周年記念の会でのメルケルの発言。現在のウクライナ戦争も然《しか》り。髙村さん、富士の湧き水への誇り。名も富士郎、これも誇りか。田川さん、敗者に美を、勝者に慎みを感じさせる将棋の終局。

【馬場あき子選】　七月九日

雲ぬけたあをぞらのやう新名人藤井聡太のしづかな言葉
（北九州市）嶋津裕子

深夜二時ポチがトイレについて来る耳を澄ませば雨降りまさる
（厚木市）田中啓介

☆初めての茶道部の日の新しいくつ下の白メモ帳の白
（奈良市）山添　葵

初夏のゆりかもめに乗り見下ろせば長きデモゆく憲法記念日
（東京都）白倉眞弓

シャワシャワと細雨のような音させて桑食《は》む蚕の背なは冷たき
（松山市）大塚千晶

曳山の子供歌舞伎の女形からはつ夏の日の耀《かがよ》ひを受く
（瑞穂市）渡部芳郎

仁王像の背《そびら》の筋肉張りをれどかつての父の背《せな》に及ばず
（大分市）松﨑重喜

追憶はガ島の青春銃弾が入ったままの父の太もも
（下呂市）河尻伸子

早苗田をソーラーパネルの黒い羽アイガモロボが除草をしてる
（酒田市）三笠喜美夫

☆棄て畑の隅にて動かざる鳥は草色をした卵抱く雉子
（対馬市）神宮斉之

評

第一首、上二句までは対局前の心境を託した新名人の言葉「雲外蒼天《うんがいそうてん》」に拠《よ》るものか。対局後は「温故知新」と揮毫《きごう》。棋道の若い名人に愛される四字熟語の精神世界も新鮮。第三首の初心の「白」も心の色のようで美しい。

【佐佐木幸綱選】　七月九日

吾子の日々知らねど藤井七冠の十時と三時のおやつ知る夫
（本巣市）青木鈴子

もやもやがすっぽりおおうこの国の報道自由度六十八位
（横浜市）大曽根藤子

夏至近く病者八人息ひそめ夕暮れどきを持て余しをり
（堺市）芝田義勝

☆初めての茶道部の日の新しいくつ下の白メモ帳の白
（奈良市）山添　葵

ウクライナと日本の子らの共作の画布に押される小さな手形
（横浜市）田中廣義

倍速で映画観るヒト、倍速で話するヒト倍速のニホン
（松戸市）濱野みほ

☆棄て畑の隅にて動かざる鳥は草色をした卵抱く雉子
（対馬市）神宮斉之

若い人一人も居ない集落へ餌漁《えあさ》りに来る山猿親子
（秩父市）大野龍太郎

一人で行くワクチン接種六回目五回目までは二人だったのに
（中津市）桐生正子

貸し出しの冷蔵庫を「この子」と呼んで電気屋さんは説明続ける
（桐生市）久保塚文子

評　第一首、思わず笑ってしまうが、しかしありうるだろうなと納得する、そんな藤井聡太ブーム。第二首、「国境なき記者団」が発表した「報道の自由度ランキング」で、日本は百八十カ国・地域のうち六十八位だった。

【高野公彦選】　七月九日

夜九時の帰宅かなはぬ教師の婿はや六時には家を出でゆく
（前橋市）和田　明

綾瀬には水路が多し家々に咲く紫陽花が水面《みなも》にも咲く
（東京都）山下征治

桐の花咲けば恋しも若き日に峠を越えて会いに来し人
（安中市）岡本千恵子

☆切り抜かず丸ごと残す新聞は二十の名人誕生の報
（下関市）内田恒生

まだ選挙終わらないから財源ははっきり言わぬ少子化対策
（観音寺市）篠原俊則

母の日のかたもみチケット二枚あり使ってもよし眺めてもよし
（奈良市）山添聖子

ズッキーニトマトピーマン茄子胡瓜　野菜は買うから育てるものへ
（菊池市）神谷紀美子

☆ルピナスの色とりどりの直立を風が横切る刑務所の庭
（豊田市）小田中真秀

ベランダをつばめの親子に明け渡し洗濯物はちまちまと干す
（須賀川市）近内志津子

☆初めての茶道部の日の新しいくつ下の白メモ帳の白
（奈良市）山添　葵

評

一首目、九時・六時という時間を示すことで、教師の仕事の過酷さが浮かび上がる。二首目、綾瀬川が流れる足立区の綾瀬近辺の美景。三首目、若き日の甘やかな恋の思い出。四首目、藤井名人の誕生を報じた新聞を丸ごと保存。

【馬場あき子選】　七月十六日

気がつけば地球はすべて危険のみ逃げる場所なくこの島に居る　（秋田市）高橋りか

隣組長避難を伝えに来たけれど逃げるも困難二階でひと夜を　（飯田市）草田礼子

人の死に馴れるといふを何よりも怖れてゐると看護師呟《つぶや》く　（兵庫県）札場秀彦

自分の結婚式で弾いたエルガーをわが子の結婚式でも弾く　（岡崎市）戸田陽子

「公園で魚捕ってはいけません」おかまいなしに漁るアオサギ　（新潟市）太田千鶴子

開戦の罪を忘れて終戦を記念日として銀シャリを食う　（吹田市）太田　昭

まぼろしの傷痍軍人辻に立ち戦なき世は来たかと問ひぬ　（東京都）嶋田恵一

ふるさとのサルトリイバラの柏餅田植休みの青田懐かし　（川越市）吉川清子

「お相撲さんはいちごの匂ひがした」息はづませて園児告げに来　（ひたちなか市）篠原克彦

鴉《からす》の子巣から落ちたと親鳥の啼く声を聴く小雨降る日に　（名古屋市）中島重正

評　第一首の地球への眼、まさに危険が日常化している中で生きている感が深い。第二首も危険といわれても老体ゆえの行動できない理由もある。そして第三首では看護師さんの告白。生きづらさはリアルに広がるばかりだ。

【佐佐木幸綱選】　七月十六日

☆ダンスなど踊らなかったあの頃の東海林太郎の直立不動
（観音寺市）篠原俊則

本が好き悪口言うのはもっと好き高島俊男の顕彰碑建つ
（三郷市）木村義熙

☆ちょうどいい重みが肩に乗るような展覧会の静かな時間
（横浜市）菅谷彩香

とんび舞う真下に小さき籠を吊り今朝の市場の鰺を干したり
（三浦市）秦　孝浩

赤煉瓦の色しっとりと滲み出て富岡製糸場梅雨に入る
（安中市）鬼形輝雄

ぴょんぴょんと横断歩道をうれしそうに親の後追い子熊も渡る
（北広島市）軽部　進

プラレールに「駅」と「いなかの駅」があり我が家の最寄りはいなかの駅だ
（東京都）上田結香

ムササビの距離感覚は確かなりなかなか追えぬ夜の観察
（香芝市）中村敬三

黒鷺がペアーとなりて海づらをかすめて飛べば島は夏めく
（東京都）大村森美

ツバメの巣一羽残されもう三日飛び立て行けよ勇気を出して
（町田市）古賀公子

評

第一首、没後五十年を超えた東海林太郎。なつかしい名前をひさびさに聞いた気がする。第二首、「本が好き悪口言うのはもっと好き」とある上句は、高島俊男氏の書名から。氏の顕彰碑を祝うのにふさわしい文体と思う。

【高野公彦選】　七月十六日

イーストと娘の機嫌とりながら初めてパンを焼く日曜日
（川崎市）小暮里紗

好物の沢庵漬けも輪切りから半月、いちょうと抗う値上げ
（五所川原市）戸沢大二郎

一つ部屋残して明かり消したれば妻と語らう節電の夜
（春日部市）前川秀樹

新しい登場人物増えてゆく子の話聞く梅雨の日曜
（奈良市）山添聖子

資料館見て献花してなお核を減らそうだけのG7宣言
（アメリカ）大竹幾久子

歓声もガッツポーズも無き勝負駒を持つ手の優雅に動く
（渋川市）金谷常平

夫も吾もブランドものの服多し全部格安リサイクル品なり
（船橋市）佐々木美彌子

故郷《ふるさと》の近きを友に羨《うらや》まれ羨みてをり遠きふるさと
（香取市）嶋田武夫

宝籤《たからくじ》中当たりして笑む夫は時計ベルトの修理費とせり
（碧南市）島谷春枝

かるた部の先ぱいに教えてもらうかくれんぼで勝つ最強の場所
（奈良市）山添　葵

評　一首目、扱いの難しいイーストと女児、両方に気を使って初めてパンを焼く。緊張しつつ楽しそう。二首目と三首目、値上げの対抗策。戸沢さんは切り方の工夫を楽しみ、前川さんは想定外の妻との会話を喜んでいる気配。

【永田和宏選】　七月十六日

臨終の時もいつもの「お父さん」「健三さん」と言えばよかった　（豊中市）夏秋淳子

公園の一部となりし線量計何かも知らず子らは駆けおり　（福島市）稲村忠衛

男みな同じ高さで生きていた昭和のバス停闇の煙草火　（大和郡山市）四方　護

☆ダンスなど踊らなかったあの頃の東海林太郎の直立不動　（観音寺市）篠原俊則

ドニプロと呼ばれるようになってからドニエプル川戦火の中に　（東京都）十亀弘史

霾《つちふ》れる空に浮かんで窓を拭く霞が関の掃除機ロボット　（寝屋川市）今西富幸

島つなぐ橋ができた日あらためて島の孤独を知ることになる　（江別市）長橋　敦

ただ一軒歩いてゆける書店にて週刊朝日休刊号買う　（中津市）瀬口美子

☆ちょうどいい重みが肩に乗るような展覧会の静かな時間　（横浜市）菅谷彩香

付き合ひは60年と50年どちらも大事酒と女房　（川崎市）杵渕有邦

評　夏秋さん、どうして名前で呼びかけられなかったのかという後悔。役割ではなく、一対一の関係としての呼び方の大切さ。私の息子夫婦は互いに名で呼び合っている。稲村さん、本来ないはずの物が違和感もなく存在する不思議さ。

【佐佐木幸綱選】　七月二十三日

雨やんできらめく街よ群れ歩く鳩らの胸のみどりむらさき　（東京都）山下征治

有明の海には人の路がある軽トラ走る海床路《かいしょうろ》沖へ　（熊本市）桑原由吏子

ショパンならどう弾くだろうこの国の線状降水帯の雨音　（熊本市）柳田孝裕

千曲なる瀬音緩びて雨上がり待たずに今朝は郭公の鳴く　（千曲市）佐藤未央

みるみるうちに息吹き返す苗を見れば田の草取りはよろこびの仕事　（佐渡市）藍原秋子

四畳半フォークを４ＬＤＫで聴けば思ひは罪のごとしも　（神戸市）松本淳一

ふるさとの「桃の木峠」のバス停は少年のころへ還る入り口　（東大阪市）池中健一

カルパッチョみたいなものとチャンボッタなのかもしれぬ今夜のおかず　（東京都）夏目そよ

差し歯またぽろりと落つる梅雨寒の一人ぼっちのカラオケルーム　（松山市）三木須磨夫

メルカリに出した私の青春を岐阜の誰かがポチッと買った　（草加市）大原悦子

評　第一首、梅雨の晴れ間の街を歩く鳩たち。日に照らされたカラフルな胸毛。第二首、有明海に干潮時のみあらわれる道・海床路をドキュメント風にさらっとうたって印象的。第三首、「雨だれ」の作曲者に聞いてみたいのだ。

【高野公彦選】　七月二十三日

三歳や車椅子の人ジャンパーもブラームスを聴く街のアマオケ
（三鷹市）山川裕子

「丁寧に説明をする」処理水の放出はもう既定という意味
（観音寺市）篠原俊則

新宿で荷を降ろすとき上高地の余韻響かす熊除けの鈴
（松戸市）舘　修一

奥の院へ行こうか行けるか立ち止まるきょうが一番若いのだ行こう
（横浜市）杉本恭子

休刊の記念に買った週刊誌復刊望み切に保管す
（戸田市）椎橋重雄

最近の私のルーティーンはパック肌も心もしっかり保湿
（富山市）松田梨子

吾の乗るバイクの音を目覚ましに葡萄《ぶどう》農家の親父が起きる
（甲州市）麻生　孝

「お母さん、元気?」と問えばわが母は語り始める自分の母を
（福山市）倉田ひろみ

ちつぽけな自己満足と知りながらウクライナ産の蜂蜜を買ふ
（鹿嶋市）大熊佳世子

宿題はやさいサラダを作ることしあげはぼくのオーロラソース
（大阪市）下和田　信

評

一首目、アマチュアのオーケストラが普及しつつあるのだろう。聴く人々の多彩さが特徴的。二首目、説明はするが、国民の声を聞く積もり無し。三首目、旅の思い出の鈴の音。十首目の作者は小五だが、料理が得意のようだ。

【永田和宏選】　七月二十三日

父方から母方までは徒歩十歩涼風《すずかぜ》したしふるさとの墓
（仙台市）沼沢　修

栄養の足りなき者は雄になる雌雄同体牡蠣《かき》のかなしみ
（富士市）村松敦視

さつきから話してゐるがこの人の名が浮かばない三駅過ぎるも
（匝瑳市）椎名昭雄

☆細き骨連なるリスの尾の先に空気丸まる骨格標本
（奈良市）山添聖子

カホウカダム決壊死者は十四人すくなしと思ひすまないと思ふ
（北九州市）嶋津裕子

父の日も来てあげてねと子に頼み優越感に浸る母の日
（秦野市）三宅節子

水馬《あめんぼ》の水の輪を見て識《し》りにけり水に厚さが在るものなりと
（東京都）松木長勝

☆雷《いかずち》に遅れて稲のにおい来る白雨が越後平野を奔《はし》る
（東京都）三角逸郎

黄昏の常夜燈ともる鞆《とも》の浦春の終わりの海風優し
（広島市）毛利千恵子

やさしさに気づいたあとのさびしさは愛かも知れない違っていても
（松本市）上嶋晴美

評

沼沢さん、父方も母方も墓は同じ墓地という小さな村。懐かしい景だ。村松さん、牡蠣だけでなく魚類など自然に性転換する生物は多い。多くは栄養状態が悪いと雄化するのが癪《しゃく》。椎名さん、あるある。私もこんなことしょっちゅう。

【馬場あき子選】　七月二十三日

一粒の麦蒔《ま》くごとく三十年憲法伝えし教室閉じぬ
（八王子市）栗原文夫

マスクなき顔に慣れ来て水無月《みなづき》の茅《ち》の輪くぐれば草の香のたつ
（仙台市）沼沢　修

花を食む馬のくちもと想いおりはや六月に萩の咲く道
（海老名市）間藤義教

☆細き骨連なるリスの尾の先に空気丸まる骨格標本
（奈良市）山添聖子

空気で肢体ふくらみジャンプする蛙ありぬ芭蕉《はせを》の国の縁側
（京都市）森谷弘志

薔薇園が防空壕になりし日の国民学校三年生われ
（東京都）小長光吟子

二車線の道の真中に芦毛塚頼朝の馬つまずいた坂
（東京都）椿　泰文

竜の歯と地雷隠るる草原にやさしき花ばな風に揺れおり
（太田市）川野公子

和尚逝き寺を守りし一匹の黒猫も消ゆ百合の山へと
（さいたま市）齋藤紀子

☆雷に遅れて稲のにおい来る白雨が越後平野を奔る
（東京都）三角逸郎

評　第一首、一粒の麦を蒔き育むようにやってきた憲法教室の三十年を懐かしむ。若く力があった時代や人生と共に顧みられたことだろう。第二首の茅の香や、第三首の花や草を食む馬の口もとのやさしさを想うなど、とてもすばらしい。

【高野公彦選】　七月三十日

沖縄に基地を増やしてミサイルを置いて迎える今日慰霊の日　（熊谷市）飯島　悟

戦争が終わっても地中に来ぬ平和　地雷の除去に数十年とぞ　（横浜市）竹中庸之助

道化兼悪役ひとすじ三十年ミスキャストでも母なので演《や》る　（鎌倉市）半場保子

またひとりおさな子逝けり戦争のないこの国に生まれしものを　（東京都）八巻陽子

父の日に娘より届きしポロシャツを拡げて夫は「余所《よそ》行きにする」　（堺市）丸野幸子

ウクライナへロシア侵攻止める術《すべ》ＡＩに問わば何と答える　（亀岡市）俣野右内

タイタニック見学ツアーの遭難と数多《あまた》なる死の露骨な格差　（横浜市）森　秀人

防衛を言い訳にして持つ武力少年が持つナイフみたいに　（横浜市）菅谷彩香

☆剃刀《かみそり》研ぎ鋳掛《いかけ》屋羅宇《ラオ》屋みづからの腕にたよりし露天商消ゆ　（東京都）上田国博

評　一首目、今もなお沖縄にさまざまな負担を押し付けている国家への批判。二首目、地雷は大迷惑な戦争の置き土産。三首目、自己反省しながらユーモアもある歌。四首目、せっかく平和な国なのに、なぜか幼児虐待が絶えない。

【永田和宏選】　七月三十日

鍵盤を叩《たた》いてみても鍵盤が元に戻らぬ震災ピアノ　（相馬市）根岸浩一

☆剃刀研ぎ鋳掛屋羅宇屋みづからの腕にたよりし露天商消ゆ　（東京都）上田国博

日本語にするなら敵は本能寺にありプリゴジン氏の声荒々し　（稲沢市）伊藤京子

☆泣くような事もないけどこのままじゃ泣かない人になっちゃいそうだ　（富山市）松田わこ

福山《ふくやま》雅治も五十四歳　波平と同い年には到底見えない　（横浜市）臼井慶子

「頑張れ」なら数え切れぬほど言った子に「がんばらないで」ＬＩＮＥに送る　（佐渡市）藍原秋子

いいことだけがあったわけではないけれどいいことだけが心にのこる　（豊中市）夏秋淳子

紫陽花《あぢさゐ》の曲がり角折れ帰る径《みち》買ひ忘れし自由帳の「自由」に　（京都市）森谷弘志

わが夫と息子を足して二で割れば理想の男が出来上るの　（東京都）星野久枝

うら若き女性思わす駅名の「安中榛名《あんなかはるな》」には夢がある　（横浜市）島巡陽一

評　根岸さん、上四句までの淡々とした描写に震災ピアノの意味が凝縮される。星野さん、こう思う女性は多いのかも。このままではどちらも不満？　島巡さん、六月二十五日付の一首への返歌。何もないと詠《うた》われた安中榛名には夢があると。

【馬場あき子選】　七月三十日

夏の日の疲労こんぱいの海この海にまもなく混じる「処理水」のこと
（水戸市）中原千絵子

東京で内定を得し子の電話切れば一人の部屋の静けさ
（湖西市）佐藤きみ子

東京で買ってもらった風りんの夏の音するひみつきちから
（奈良市）山添聡介

七人の生徒が作った巣箱にはブッポウソウの子どもが育つ
（安芸高田市）安芸深志

早乙女や結《ゆい》が無くなり田植えささえ農協に頼むと土地の古老は
（神奈川県）吉岡美雪

信楽《しがらき》の大きな鉢で睡蓮と金魚そだてる父は早起き
（京都市）五十嵐幸助

認知症の夫君の傍《かたえ》わが友は笑みつつ共に草を引きおり
（下野市）若島安子

夕影に網打ち鮎《あゆ》を捕へゐし天竜川の父のまぼろし
（浜松市）松井　恵

畑中に錆びたる椅子の一つあり亡き父ここで暫し憩うか
（松戸市）加賀昭人

巣を覗く吾に身構へ警戒の鼻息荒き鴨の抱卵
（富士市）村松敦視

評　第一首の海は苦しんでいる。この夏にも、あの「処理水」が放出となる。安全神話はどこまで納得されるのだろう。第二首の結句「静けさ」の含む深い心情に注目。第三首の風りんの音はまだ汚れを知らない清らかさ。いいなあ。

【佐佐木幸綱選】　七月三十日

三角の白帆を広げゆつたりとホッカイシマエビ漁の打瀬《うたせ》舟《ぶね》ゆく　（札幌市）藤林正則

「食べ物で遊んではいけない」祖母の声が聞こえるようなインスタ映えの店　（東京都）上田結香

長文の近況報告姪に打ち「へえ」の二文字が二日後届く　（周南市）髙島由実

水張田の白鷺群れて飛び立てど青鷺いまだ薄闇の杭　（諫早市）藤山増昭

ラジオから「月桃」の歌流れきて沖縄は今日「慰霊の日」なり　（福島市）稲村忠衛

朝刊と微かに光る蛍とを子が運び来て今日の始まる　（高知県）原　真由美

☆泣くような事もないけどこのままじゃ泣かない人になっちゃいそうだ　（富山市）松田わこ

緋鯉《ひごい》かと見紛うほどに育ちたる和金は田螺《たにし》を喰い尽しおり　（川越市）西村健児

ファミレスで貰ったティアラを髪につけ姫は納豆ご飯を所望す　（大分市）遠矢陽子

評

第一首、「打瀬舟」は、ホッカイシマエビ漁独特の帆かけ舟。「ゆつたりと」がいかにもふさわしい。第二首、健在だったら祖母は絶対に許さないだろう。第三首、「二文字が二日後届く」、「二二」のくり返しが楽しい。

【永田和宏選】　八月六日

小さく吹く眼圧検査のかぜのやう先に切られしさつきの電話
（日立市）加藤　宙

二歳児は亀動くんだねえと言いアリストテレスみたいな目をす
（福山市）倉田ひろみ

☆へこんでる私に母はなつかしいネコの小皿でサクランボ出す
（富山市）松田梨子

Vの字にカットされたる片耳は真白き仔猫の桜ひとひら
（仙台市）武藤敏子

披露宴終はれば義姉は三匹の保護猫とともにアメリカへ渡る
（さいたま市）齋藤紀子

議論するべきは財源ではなくて軍拡自体であるはずなのに
（東京都）十亀弘史

木漏れ日を英訳すればなんとまあ味も素っ気もない表現に
（京田辺市）藤田佳子

マネキンが着れば素敵なワンピース買いたいけれど思いとどまる
（京都市）中尾素子

ふんわりとポプラ並木のわた毛とび初夏うつくしき札幌の街
（仙台市）沼沢　修

「うらぶれた生活《くらし》しないで」生前の妻の言いしをひたすら守る
（舞鶴市）吉富憲治

評

加藤さん、まさに感覚の歌。この気分を散文で解説するのは至難。倉田さん、二歳児の発見にアリストテレスを見た作者。この飛躍が素晴らしい。松田さん、母が古いネコの小皿でサクランボを。娘の気分は十分承知。さすが。

【馬場あき子選】　八月六日

☆へこんでる私に母はなつかしいネコの小皿でサクランボ出す
（富山市）松田梨子

なつかしき昭和の団地のクルド家庭床《ゆか》にふるまはれし羊を食らふ
（朝霞市）青垣　進

小作なる父のたづなで鞍の上川を渡りて向かひの田圃
（蒲郡市）古田明夫

知らざりき女王蜂が悲しげに小さな声で鳴くといふこと
（八尾市）水野一也

熟れすぎたヤマモモの香が満ちてくる夜明け間近の耕作放棄地
（寝屋川市）今西富幸

見学す世界遺産の製糸場に蚕飼《こが》ひに暮れし妣《はは》の佇《た》ちくる
（前橋市）荻原葉月

ため池を泳いで渡る蛇を見てこれぞ田舎の醍醐味と知る
（盛岡市）舟山治男

梅雨晴れの早朝林の向こうから老父を畑に急かす郭公
（福島市）安斎真貴子

いそがしく薬の調合せし夫婦は老い病みわれの煮物喜ぶ
（飯田市）草田礼子

天上に織姫彦星海中にウラシマクラゲオトヒメクラゲ
（茨木市）瀬川幸子

評　第一首の「ネコの小皿」はもちろん絵皿だろう。季節のサクランボが調和して可愛い。第二首は在日のクルド人と交流ある作者。「なつかしき昭和の団地」はクルド人の現実。下句に日本の田舎での団欒《だんらん》風景が思い出される。

【佐佐木幸綱選】　八月六日

無精卵十四抱へて亀逝けり二十一歳生涯シングル
（名古屋市）島田佳江

モルモットみたいな人間ドック終えソファーで食べる金《こん》色《じき》のカツ
（長野県）丸山志保

セミ・オケラ・コオロギイラスト賑《にぎ》やかに昆虫食の自販機はあり
（茨木市）瀬川幸子

聞こゆるは山のウグヒス沖の舟島の独り居ただ音に過ぐ
（江田島市）和田紀元

教室に飛び入る蜂を捕へたり「先生すごい」と初めて言はる
（さいたま市）大浦　健

半《はん》夏《げ》生《しょう》にモーリタニアの蛸を食む檸檬きかせた冷製パスタ
（さいたま市）松田典子

「あの、ちよつと、おい」には今どき若草のにほへる妻は返事をしない
（東京都）上田国博

早朝の相模平野の早苗田に鷺三種類佇立《ちょりつ》してゐる
（厚木市）石井　修

旅先の高揚感で下手なのに弾いてしまった街角ピアノ
（吹田市）中村玲子

亡き妻の日記を何度読むことか妻在りし日は一度も見ずに
（我孫子市）松村幸一

評　第一首、ギクッとさせられるのは、人間の生涯を連想させられるからだろう。第二首、人間ドック明けの食事。「金色のカツ」が可笑《おか》しい。第三首、昆虫食の自販機の歌をはじめて見た。イラストをクローズアップして特色を出す。

【高野公彦選】 八月六日

球児らの足並み揃《そろ》わぬ行進に平和の証と母呟けり
（高槻市）寒川のり子

ダナンから洲本、沼津へ　棋士なればスーツケースに和服を入れて
（箕面市）遠藤倫子

父の日の図書カードもてもう一度読まんと「御宿かわせみ」購う
（観音寺市）篠原俊則

あじさいの色のＴシャツ着て行けばドラッグストアもお出かけになる
（富山市）松田わこ

子や孫を乗せて育てし乳母車いま杖にして道行く老婦
（五所川原市）戸沢大二郎

花巻は賢治の故郷今どきの地元の誇り翔平、雄星
（東京都）大岩孝安

布団より畳の方が冷たいと子の寝相から知る熱帯夜
（川崎市）小暮里紗

たこ焼きは夫の担当竹ぐしを持ちて子と待つ半夏生の日
（奈良市）山添聖子

夏草にすがりし蝶《ちょう》に声かけて草刈り鎌の試し切りする
（三浦市）秦　孝浩

見得を切る千両役者の目力で強打者ねぢ伏せるダルビッシュ
（八尾市）水野一也

評　一首目、戦中の整然とした行進を知る母は、今のほうが断然いい。二首目、藤井聡太名人の行動範囲の広さ。棋士だから常に和服を携行。三首目、作者は6月9日に逝去された平岩弓枝さんの昔からのファンなのだろう。

【馬場あき子選】　八月二十日

「はだしのゲン」のまっ赤なTシャツ着て過ごす八十路
わたしの平和の祈り
（春日部市）酒井紀久子

海に棲《す》む万のうろくず知る知らずショリスイという無色
の恐怖
（福島市）美原凍子

ウクライナで遺体の身元未確認二八〇〇に「不帰」の伯
父かさなる
（福島市）澤　正宏

オランダの所長弾くセロG線上のアリア捕虜の日語る父
の終戦
（横浜市）井田眞知子

☆センパイと呼ばれる日々に少し慣れ今日は後輩ぎょうざ
に誘う
（富山市）松田梨子

☆名古屋駅過ぎた頃から新幹線の窓の雨粒は流れ星となる
（奈良市）山添　葵

友達にオオクワガタを採った場所教えなかった小四の夏
（姫路市）箭吹征一

二重とび最高記ろくは26大きなアナベルいっぱいさいた
（奈良市）山添聡介

熊除けの鈴は神棚に巡礼の鈴は仏壇に今も残しつ
（東根市）庄司天明

篳篥《ひちりき》のリードの材に使はるる鵜殿の葦もやがて絶えなむ
（静岡市）安藤勝志

評

第一首は八十代の女性。「はだしのゲン」をあしらった赤色のTシャツを着て、二度とあってはならないヒロシマへの思いをつなぐ。第二首のショリスイの放出。風評も含めて怖い未知の海。第三首は戦争の現実を身近に回想。

【佐佐木幸綱選】　八月二十日

知る事は引き受ける事小説を読めば始まる大江ワールド
（筑紫野市）二宮正博

猪に出合う早朝二歩下がり道を譲れば山へと帰る
（福山市）梅本武義

七月の満月ひかり森にすむ雄鹿凜々しも新しき角
（長崎市）秦　桂子

巣にのこる四番目の子鷹の子は蛇丸呑《の》みに巣立ちの近し
（津市）中山道治

風渡る三日月湖畔の葦のもと子ぎつね五匹飽かず戯る
（札幌市）田巻成男

襲われた鳥の卵の散らばりて育たぬ命の多きを語る
（菊池市）神谷紀美子

稲取の沖に漁《すなど》る灯り見ゆ朝の烏賊《いか》刺し楽しみに寝る
（東京都）上田国博

草を刈る音が谷間に響く夏村の作業に息子がデビュー
（館山市）川名房吉

クラスター弾を撃ちます今のため未来の子どもを犠牲にしても
（東京都）十亀弘史

☆センパイと呼ばれる日々に少し慣れ今日は後輩ぎょうざに誘う
（富山市）松田梨子

評

第一首、大江健三郎さんが亡くなって五カ月以上過ぎたが、追悼の歌がまだ毎週のように投稿されてくる。私も大江ワールドに惹《ひ》かれる一人。第二～第六首まで、日本各地のけものや鳥たちをうたった作が並んだ。

【高野公彦選】　八月二十日

夏の日の静かな午後に母逝きて迷子になりぬ七十五にして　（東京都）丸岡恵美

満月から一日過ぎた月明り新聞配達さんを見守る　（山陽小野田市）磯谷祐三

皺目立つ胸をスマホで自撮りする明朝九時には開かれる胸　（堺市）芝田義勝

ふうわりと匂える先を目で追えば浴衣姿の関取一人　（名古屋市）百々奈美

アナログの地図とスマホを右顧左眄《うこさべん》結局迷う還暦登山　（京都市）中川大一

感想文代表選びの審査会AI作品見抜けるか我　（東京都）阪本俊子

食べることがこの世とあの世の線引きでそのために出る葬儀の御膳　（生駒市）辻岡瑛雄

「安全な場所からお伝えしています」危険な場にいる人々のことを　（東京都）上田結香

まっすぐな胡瓜や茄子の美しさ　しゃくれた胡瓜や茄子の楽しさ　（館林市）阿部芳夫

☆名古屋駅過ぎた頃から新幹線の窓の雨粒は流れ星となる　（奈良市）山添　葵

評　一首目、何歳になっても、親を喪《うしな》った時は心細くなる。二首目、静かな月明りのもと、真摯《しんし》に働く人の姿の尊さ。三首目、手術の前日、自らの体を愛惜して撮る。四首目、先日の名古屋場所で、たぶん道で出会った関取だろう。

【永田和宏選】　八月二十日

母の亡き暮らしにも慣れ宿題のアサガオ日記一年の孫
（亀岡市）俣野右内

使うことかなわぬ肩もみチケットの四枚残り三十二年
（東久留米市）塩﨑慶子

夫はまだ死んでいるのを知らないわ　介護三年柩に友は
（横須賀市）米岡香代子

言論を犭《いぬ》と犬とではさみ込む獄という字の成り立ち恐ろし
（大和郡山市）四方　護

この冬を耐えれば春はまた来ると言いし兵士は今も戦うや
（五所川原市）戸沢大二郎

キスリングの革のベルトにワセリンを塗りて向かひし夏山合宿
（美唄市）寺澤和彦

釜無の渓谷進む澤登り谷狭まりて百合にほひけり
（東京都）松木長勝

「義理の」とはさびしき言葉　息子の妻、いいえ、むすめの誕生日を祝ふ
（町田市）村田知子

長男の嫁を娘みたいと言う友に「甘いな、それは違う」と言いたい
（横浜市）臼井慶子

「丁寧な説明する」と繰り返す皆が聞くのを諦めるまで
（市川市）中沢庄平

評　俣野さんは母亡き孫を、塩﨑さんは遥か昔に亡くしたわが子を、米岡さんは長く介護した夫を亡くした友を詠う。アサガオ日記、肩もみチケットの択《えら》びがいいし、自分が死んでいるのにも気づかず眠っていると呟く友の言葉が哀しい。

【佐佐木幸綱選】　八月二十七日

夫婦して島に生まれて島に死す平凡だけど平凡でいい
（対馬市）神宮斉之

結婚は手堅い人を選びしと五十年目に妻は言ひける
（静岡市）西垣　譲

七、八年ぶりに出でたり蝦蟇《がまがえる》わが家の一員戻れるごとくに
（山口市）藤井　盛

境内に踊り練り込み入場し風鈴市はいよいよ佳境へ
（戸田市）蜂巣幸彦

猛暑日のテニスコートの女性たち長袖にタイツ覆面をして
（神戸市）掘井俊則

一日を雲一つなき青空に夕焼雲の遠慮勝ちなり
（香取市）嶋田武夫

☆ネギいっぱい生姜いっぱいそうめんを食べて自問する本気の恋か
（富山市）松田わこ

さかなかなほんまにさかなと指をさす大水槽をエイ滑り行く
（草津市）今川貞夫

救急車のサイレン聞いても動じないもう母であるはずはないのだから
（会津若松市）清野智子

勝ち越しを噛み締めながらゆったりと伯桜鵬は手刀を切る
（横浜市）水谷亮介

評　第一首、下句、思いがこもる。作者自身のことかもしれず、他の人のことかもしれない。どちらでもいいだろう。第二首、「五十年目に妻は言ひける」のユーモアが絶品。第三首、楽しそうでかつ嬉しそうな下句に注目する。

【高野公彦選】 八月二十七日

理不尽な暑さお小言スケジュールほぼ吹き飛ばす母のナポリタン （富山市）松田梨子

一日にすべての橋を渡ったら幸せになる三次《みよし》の五橋 （出雲市）塩田直也

まだ髷《まげ》の結えぬ力士の躍進を親の気持ちで見る名古屋場所 （横浜市）毛涯明子

茶道部とかるた部、科学部の曜日覚えた頃に夏休み来る （奈良市）山添聖子

最終回二死《ツーアウト》満塁三二《スリーツー》投げるはわが孫打たないでくれ （横浜市）久我孟也

豪華なるお盆のセット商品の脇につつましく麻幹《をがら》が売らる （東京都）上田国博

杖なしで歩いた頃のハイヒール今も靴箱の片隅におく （松戸市）大貫真由美

☆ネギいっぱい生姜いっぱいそうめんを食べて自問する本気の恋か （富山市）松田わこ

金魚鉢から飛び出した一匹がきみの浴衣の青をたゆたう （吹田市）赤松みなみ

ぼくの庭のハナミズキにすを作ったよまん丸の目のハト子とハト丸 （奈良市）山添聡介

評　一首目、暑さもお小言も仕事のスケジュールもみな手強《てごわ》いが、救ってくれるのは母のナポリタン、というユーモア短歌。二首目、広島県三次市の五橋（巴《ともえ》橋、旭橋、祝橋、寿橋、願橋）を詠む。三首目、19歳の伯桜鵬への応援歌。

【永田和宏選】　八月二十七日

きみに似た　いえあの頃のきみに似た人を見かけるふるさとの道
（和泉市）星田美紀

死は母をわれのみのものにしたりけりわが死は誰のものになるらむ
（和泉市）長尾幹也

バス代を貸して下さい三十円家に帰りたいホームの母は
（盛岡市）岩舘公子

「杜子春」を誰かも知らず夜鍋して学芸会の衣裳縫いし亡母《はは》
（川越市）西村健児

砂時計きっちり計る六十秒犬もスワレのまま原爆忌
（対馬市）神宮斉之

僕たちも陣取りごっこはよくやった残虐非道はなかったけれど
（松本市）馬木和彦

新宿駅西口交番に貼ってあるずっと老いないテロリストの顔
（寝屋川市）今西富幸

☆ネギいっぱい生姜いっぱいそうめんを食べて自問する本気の恋か
（富山市）松田わこ

星五つ数独の表うめつくし土曜の朝のコーヒー香る
（枚方市）唐崎安子

為せば成るなさねばならぬと言はれてもいまだに解けぬ数独☆5
（直方市）永井雅子

評

星田さん、昔の恋人に似た人か。故郷に帰ると歳月がふっと飛んでしまう。長尾さん、わが死の後に、われを独り占めしてくれるのは誰かと。岩舘さん、家に帰りたがる母の記憶はバス代三十円の時代のまま。それが哀しい。

【馬場あき子選】　八月二十七日

知床や大雪山の雪の中に見つかるというマイクロプラスチック　（石川県）瀧上裕幸

5時ですと促されても十数人黙して動かぬ原爆資料館　（札幌市）田巻成男

焼き爛《ただ》れし幽霊を観ん丑三つの幽霊列《なら》ぶ丸木美術館　（大船渡市）桃　心　地

盆花を美しきと言いて花舗に買う米兵の居るここはヨコスカ　（三浦市）秦　孝浩

番付を見直して知る優勝はスガラグチャー・ビャンバスレンと　（船橋市）大内はる代

木漏れ日が線路におちて万緑の磐越線の夏ひそかなり　（東京都）青木公正

休み無き激務の職を辞めし子はアオジタトカゲを飼ひ始めたり　（さいたま市）齋藤紀子

バジルの葉と同じ色したカマキリとショウリョウバッタのいるプランター　（仙台市）小室寿子

ひっそりと櫟《くぬぎ》に憩うかぶと虫人影消えた猛暑日の午後　（つくば市）山瀬佳代子

弘前のホーム懐かし旅に聴く発車の合図の津軽三味線　（横浜市）井上優子

評　第一首のような地域の雪中に有害物質のマイクロプラスチックが含まれているという恐怖。海洋だけではなかった。第二首は閉館時刻が過ぎても帰ることも忘れて佇《たたず》む原爆資料館の見学者。第三首の美術館ともども一度はぜひ。

【高野公彦選】　九月三日

気温よりお湯の温度を低くして危険な夏の入浴をする
（逗子市）織立敏博

いさなとり海洋放出拒むがに土用波寄す福島の海
（下野市）若島安子

☆夕方の地方ニュースは皆ねぶた体「じゃわめぐ」津軽の夏は
（五所川原市）戸沢大二郎

きょうこそは朝涼《あさすず》のうちに散歩せむそれを妨ぐショウタイムまた
（横浜市）小泉明彦

☆熱中症アラート5日目へロへロの私を急かす営業カバン
（富山市）松田梨子

レジ前のビニールシート外されて笑顔と声の柔らかき朝
（観音寺市）篠原俊則

☆川一里に一匹だけが棲むという山女《やまめ》を誘い煌《きら》めくルアー
（所沢市）中嶋督雄

缶ビールお茶を駄賃に地区内の一斉清掃終わりて盆来る
（飯田市）草田礼子

わが歌が歌壇に載れば「鮨の日」と決めてる妻が無邪気に悦ぶ
（三郷市）木村義熙

朝早く二十三階までとどく小さいセミの大合唱
（大阪市）大阪　華

評　一首目、危険な夏を乗り切るのに良さそうな入浴法。二首目、海は処理水放出に反対だと。初句は海に掛かる枕詞《まくらことば》。三首目、ねぶたが始まると人々は浮き立つらしい。「じゃわめぐ」は騒《ざわ》めく。十首目、小動物の大合唱。作者は小学四年。

【永田和宏選】　九月三日

それもいいそれがいいんだそれでいいはみ出てること斜《はす》であること
（新潟市）太田千鶴子

八月の６＋《たす》９＝《の》15なる数の不思議に不戦を誓う
（大田市）安立　聖

体温なら大騒ぎする四十度「暑い」を超えて「熱い」がぴたり
（東京都）北條忠政

☆人間の値打ちを言っているようで聞くのが苦しい「最低賃金」
（観音寺市）篠原俊則

学部には女子大学生九名在籍し我ら狙いき近くの席を
（舞鶴市）吉富憲治

トリチウム全体量は変わらないどう薄めても薄めなくても
（亀岡市）俣野右内

戦争を知らない人ほどしたがると願いはむなしく森村さん逝く
（岡山市）伊藤次郎

高齢者ばかりの反戦パレードはゆっくり歩く休んでは歩く
（東久留米市）篠原晴代

いつどこにミサイル落ちるのかも知らず一年半過ぐウクライナの民
（五所川原市）戸沢大二郎

米国にオオタニック《メッチェン》という新語わが家は「すごい」ばかりでさわぐ
（横浜市）小泉明彦

評　太田さん、「それも」「それが」「それで」の使い分けが見事。型にはまらない生き方礼賛。安立さん、そう、６と９があったから15があったという歴史の悲劇を忘れてはならない。十首目小泉さん、誠にオオタニックと言うしかないいか。

【馬場あき子選】　九月三日

☆熱中症アラート5日目へロへロの私を急かす営業カバン
（富山市）松田梨子

飲み屋にて僧侶ですかと生業《なりわい》を憶測されて歌人と応える
（三郷市）木村義熙

給食のなき夏休み大通りの子ども食堂は閉ざされたまま
（鹿嶋市）大熊佳世子

☆人間の値打ちを言っているようで聞くのが苦しい「最低賃金」
（観音寺市）篠原俊則

青春の挫折うるわし打球抜けさよなら負けの投手泣き伏す
（取手市）武村岳男

まどろみに満ちた教室思い出すプールのあとの塩素の匂い
（奈良市）山添聖子

☆夕方の地方ニュースは皆ねぶた体「じゃわめぐ」津軽の夏は
（五所川原市）戸沢大二郎

☆この夏は空の友だちできました入道雲とひみつの会話
（大垣市）石川結奈

ああこれも入れ忘れたる夏帽子そっと置きけり母の遺影に
（中津市）瀬口美子

丑三つにアライグマの家族はわが里の五戸のぶどうを食べ歩きする
（安芸高田市）安芸深志

評

第一首の作者はつい先ごろまで少女の歌を詠んでいた。熱中症アラートの響くなか営業カバンを抱《かか》える姿に胸打たれる。第二首の結句は感動的。第三首の風景はわが地域でも見かける。あの子たちの夏こそ支えていかなければ。

【佐佐木幸綱選】　九月三日

つゆ明けの夕餉《ゆうげ》の肴は真鯵にて蟷螂《かまきりしょうず》生の冷や酒に合う

（藤沢市）中田　毅

小さき日傘くるくる回し坂下るメアリーポピンズになる終業日

（長井市）大竹紀美恵

「舟唄」の歌流れ来て口ずさむ詞の優しさよ今日阿久悠忌

（神奈川県）髙橋静一

凪凪ぎの沖に影濃くあらわれて吃水《きっすい》ひくく着く油槽船

（三浦市）秦　孝浩

☆熱中症アラート5日目へロヘロの私を急かす営業カバン

（富山市）松田梨子

「こんな日もあるさ」と船頭苦笑い鯛が釣れない今日は「こんな日」

（長岡市）柳村光寛

はにかんで真新しい袈裟身に纏《まと》ひ高一の吾子棚経《たなぎやう》デビュー

（福山市）鈴木宏章

大ぶりのハモ並んでた三年間今年は見慣れた庶民サイズに

（神戸市）田崎澄子

☆川一里に一匹だけが棲むという山女を誘い煌めくルアー

（所沢市）中嶋督雄

☆この夏は空の友だちできました入道雲とひみつの会話

（大垣市）石川結奈

評

第一首、「蟷螂生」は、七十二候の一つでおおむね六月初めの頃。第二首、明日から夏休みと思うと、つい日傘を回したくなるのだ。第三首、阿久悠は二〇〇七年八月一日に七十歳で他界、「舟唄」は八代亜紀が歌った。

【永田和宏選】　九月十日

「堪《た》えがたきを」と「堪え」の間の八分休符《はちぶきゅうふ》今年も聞いた終戦の詔勅
（岡崎市）兼松正直

天気図を毎晩テントで描いていた頃の穂高のモルゲンロート
（神戸市）松本淳一

食草をジャコウアゲハが捜しおりウマノスズクサみつけ産卵
（富津市）川名　興

☆どの家《や》にも死者が鴨居にゐた昭和深閑として遠きカナカナ
（浜松市）松井　恵

より多く命を奪う武器を持つことを抑止と為政者が言う
（観音寺市）篠原俊則

小説のことだけ考えていた頃の林真理子に戻してあげて
（横浜市）臼井慶子

☆木彫の聖女の像を買ったとき君と見ていた優しい未来
（京都市）中尾素子

泣いててもクリーニングのタグを取り忘れることなく喪服を着る
（松阪市）こやまはつみ

☆在りし日の母の家計簿八月は朝顔の数も記されており
（中津市）瀬口美子

初盆に解約したる携帯の短縮3は三女の私
（横浜市）平本佳奈

評　兼松さん、昭和天皇の詔勅の、あの微妙な間隙《かんげき》をうまく捉えた。松本さん、ラジオの気象通報を聴きながら天気図を作る。私にも懐かしい山行の記憶だ。川名さん、蝶は前脚で葉を叩いて味見をし、幼虫が食べられる草にだけ卵を産む。

【馬場あき子選】　九月十日

核抑止唱える首相と被爆したバイオリン弾く人のヒロシマ　（出雲市）塩田直也

熱中症警戒アラートこんな日にニガウリの実の育つベランダ　（横浜市）田中廣義

高校生の原爆伝える紙芝居見つめる多くの外国人の目　（石川県）瀧上裕幸

この頃はベンチの下に我を待つ二羽寄り添って片足の鳩　（大阪府）芹澤由美

東京から宝石みたいなチョコレート届き大人として味わった　（富山市）松田わこ

☆木彫の聖女の像を買ったとき君と見ていた優しい未来　（京都市）中尾素子

☆どの家にも死者が鴨居にゐた昭和深閑として遠きカナカナ　（浜松市）松井　恵

盆棚にクズ葉飾れば野の香り部屋に満ちきて仏近づく　（飯田市）草田礼子

きのうまでお祭りだった原っぱに水鉄砲のきょうだいと母　（草加市）永吉謙一

秋口にひかるスカート浮かべつつ待ち針をうつ碧き更紗に　（枚方市）小島節子

評　第一首、被爆国なのに核抑止を願う首相とヒロシマで被爆した無言のバイオリンの音。核廃絶はその音をかけたアピールだ。第二首は酷熱の陽《ひ》にも強い瓜。ただし、こまめに大量の水が必要。第三首の紙芝居、絵と語りの情熱の力だ。

【佐佐木幸綱選】　九月十日

再開した直売所にはなりたての親鶏《おやどり》の産む産みたての卵
（姫路市）箭吹征一

沖を行く台風ありて魚屋に旅物並ぶ海近き町
（日南市）宮田隆雄

夏涼し無頼の色悪《いろあく》ばっさりと人を殺めて駆ける花道
（京都市）前川宙輝

熊蟬の啼き始むころ熊の子は玉蜀黍《とうもろこし》の里に下り来る
（津市）中山道治

雲の影だになきネバダの砂漠野を五十度に焦がす青空地獄
（アメリカ）大竹　博

みやこ箸　煤竹《すすだけ》製の箸先の密な細工は胡麻選り分ける
（横浜市）毛涯明子

「人生の卒業式」なんて広告の斎場の裏が我が勤務校
（千葉市）愛川弘文

盆休みウッドデッキを塗り直すペンキ速乾滴る発汗
（京都市）中川大一

俳優よ団結しようとアジってるジェーン・フォンダは枯れることとなく
（東京都）十亀弘史

両の手に日傘と小型扇風機持ちて賑やか女子高生は
（深谷市）高木昭子

評　第一首、鳥インフルエンザで閉鎖されていたのだろう。「なりたての親鶏」は工夫された表現。第二首、「旅物」という語をうまく用いて、特色を出した。第三首、歌舞伎の用語「色悪」をうまく用いて舞台をうたう。

【高野公彦選】　九月十日

長生きをするもどうかと思う世の夕餉に減塩醬油を使う
（東京都）加藤将史

立売堀放出杭全住道　難読地名の大阪暑し
（神戸市）松本淳一

過疎地より若者連れ出すハーメルンの笛吹き男　スマホの中に
（名古屋市）磯前睦子

プーチンはどろぼうよりもわるいひと　五歳が二歳にていねいに説く
（東京都）青木公正

隣国に拐《さら》われゆきし子の皿も卓にならべるウクライナの母
（堺市）丸野幸子

日本も暑いですねとさんさ観るエクアドルからの旅人は言う
（盛岡市）佐藤忠行

故郷では六甲山の湧き水を撒水するらしさぞ涼しからむ
（船橋市）佐々木美彌子

原爆忌終われば加害者としての日本人の罪を思わむ
（水戸市）中原千絵子

賃金がプライドよりも低いから「あーあー」と声出す介護士多し
（横浜市）太田克宏

☆在りし日の母の家計簿八月は朝顔の数も記されており
（中津市）瀬口美子

評　一首目、できれば健康で長生きしたいと。二首目、順に「いたちぼり、はなてん、くまた、すみのどう」と読む。暑いと言いながら大阪が好きな人なのだろう。三首目、この笛吹き男は、スマホを通じて若者に闇バイトをさせる悪人か。

【馬場あき子選】　九月十七日

いつか会う約束交わしこっそりとプールの中で指切りをする　（富士宮市）鍋田和利

満州の嫁には行きたくなかったと母がもらした終戦記念日　（酒田市）三笠喜美夫

ヒロシマの碑文に刻む「過ち」の今こそ重き防衛費増額　（柏市）菅谷　修

硫黄島の遺骨収集を語るひと少し間を置き「骨は重い」　（町田市）山田道子

核の脅威いや増す夏よ海原へ放てばもとへ戻されぬもの　（松阪市）こやまはつみ

汗ぬぐい盆棚しまう淋しさよ賑やかなりし三日《みっか》の間　（飯田市）草田礼子

町角に文久二年創業の豆腐屋が来てラッパを鳴らす　（つくば市）藤原福雄

ダイニングで宿題をする三姉妹ひとりが歌えば斉唱となる　（一宮市）園部洋子

クーリングタイムとなりて力水蜻蛉《とんぼう》の浮く甲子園球場　（蓮田市）斎藤哲哉

☆夏休みしおのみさきのとう台の階だん六十八だん登る　（奈良市）山添聡介

評　第一首はプールの中の指切りという場面がユニークで楽しい。「こっそり」の一語にもユーモラスな親愛感がある。第二首の「満州の嫁」には切実な苦しい時代感がまつわる。第三首の「過ち」は今こそ世界に発信せねばならぬのに。

【佐佐木幸綱選】　九月十七日

夏の陽は徐々に傾く甲子園銀傘の影内野を包む
（東京都）尾張英治

金色へ変わる稲穂に似合うよう青の濃くなる魚沼の空
（南魚沼市）木村　圭

穏やかなサルの一家とすれ違う互いに右側通行守り
（神奈川県）神保和子

試験管持つ手へとんぼとまらせて上野の森に野口英世《ひでよ》像立つ
（東京都）長谷川　瞳

どぜう鍋はさんで友と向き合へば暑き浅草暮れてゆくなり
（横浜市）白川　修

卒塔婆の文字少し幼し住職の息子さん父を継ぎつつあるらし
（水戸市）檜山佳与子

軽トラに二挺の鍬《くわ》と妻をのせ台風去りし田畑見にゆく
（南丹市）中川文和

人間の大騒ぎなどつゆ知らずドームの敷地羆《ひぐま》横切る
（札幌市）伊藤　哲

一人居の妹に送るふるさとの味も香も濃き白山《しらやま》だだちゃ
（酒田市）富田光子

大学の事務の応対優しくて逝きし子の「退学許可証」届く
（神戸市）髙寺美穂子

評　第一首、夏の甲子園をうたった多くの歌の中で、試合ではなく、球場をクローズアップしたこの作が目立った。第二首、稔《みの》り田と青空の色だけを対比して見せたアイディア。第三首、野生の猿の一家との出会いに取材したユーモアの心。

【高野公彦選】　九月十七日

地上での七日の命憐れめど我とて宇宙の中の蜩《ひぐらし》
（五所川原市）戸沢大二郎

企業なき町の経営多難ゆえ預かり申す核燃料を
（西之表市）島田紘一

行きました見ました説明しましたと言うためだけに福島へ行く
（観音寺市）篠原俊則

息子とは一緒に住んでいないけど誕生日には赤飯を炊く
（須賀川市）近内志津子

大好きな故郷の山の樹木葬決めてより母は明るくなりぬ
（箕面市）遠藤倫子

東京へ来る人地方へ向かふ人　新宿バスタは人人人よ
（高松市）村川　昇

均等に降らせることは至難らしあちらは洪水こちらは日照り
（新潟市）太田千鶴子

暑いのも嫌いじゃないと電線のあやとりみたいな影見つつ行く
（横浜市）森　明子

似ていると言われることは嫌だったが母の遺した服が似合ってる
（東京都）上田結香

☆夏休みしおのみさきのとう台の階だん六十八だん登る
（奈良市）山添聡介

評　一首目、地上で蟬が生きるのは僅《わず》か七日程と言われるが、自分の命も宇宙を流れる長大な時間の中では蟬と変わらぬ、という諦念《ていねん》。二首目、使用済み核燃料を預かるのかどうか、山口県・上関町の動向を同情的かつ批判的に眺めている歌。

【永田和宏選】　九月十七日

そんなこと、言《ゆ》うたん私?·あほやなぁ　旧友《とも》の記憶に残るあの頃
（奈良市）桑理孝子

蟬の数だけ蟬の死があり八月の森はゆらりと赤き月掲ぐ
（福島市）美原凍子

幼き日30度でも猛暑だと思ひき地球温暖化の今
（五所川原市）戸沢大二郎

気温より低き支持率永田町ひと足はやく秋風立ちぬ
（札幌市）田巻成男

赤よりも危険を示す色となり紫色が列島覆う
（つくば市）山瀬佳代子

戦死者を英霊などと祀りあぐ死にたくて死んだ者など無きを
（川越市）西村健児

霧深き入江の向こう指さされ増殖炉もんじゅはあの辺りです
（稲沢市）伊藤京子

五年ぶりに帰省ふるさと魚沼の八海山は山にして酒
（東京都）庭野治男

うるち米半ば潰して我が家ではお萩の正しい名は半殺し
（可児市）前川泰信

阪神のアレが今年は拝めそうコレが紙面に載る時分には
（枚方市）久保哲也

評　桑理さん、あるよねえ、こんなこと。穴があったら入りたい。美原さん、確かに蟬の数だけその死はあるのだが、それに気づくところに詩が。次の三首、異常気象だが、こうして並べてみると、なんだかとても意味深長とは思いませんか。

【佐佐木幸綱選】　九月二十四日

優勝は一〇七匹なり掬《すく》われし金魚ら鉢に水草もらう
（大和郡山市）四方　護

切手貼る場所も知らない若者を笑えぬまだローマ字入力
（所沢市）真壁雅美

☆「一定」とは何を指すらむ「一定の理解を得た」と流す処理水
（長井市）大竹紀美恵

ビール飲むその為歩くと息子言うビールを止めれば腹凹むのに
（新発田市）岡村愛子

一ケ月雨の降らない大旱《おおひでり》ダム湖に沈みし埋没林見ゆ
（長岡市）柳村光寛

☆満月も虹もきれいな朝焼けも母は家族を呼んで眺める
（富山市）松田梨子

壊れたパソコンの中のものたちは閉じ込められた「砂の女」よ
（名古屋市）磯前睦子

水深が二・三のプールです泳ぐしかない老婆の決意
（廿日市市）久保典子

☆串本の海中公園海ガメの赤ちゃんだっこした夏休み
（奈良市）山添聡介

透明なメダカの一生甕の中未来も過去も透き通りたり
（我孫子市）森住昌弘

評　第一首、大和郡山市で行われた全国金魚すくい選手権に取材。その数にびっくりする。第二首、メールになれて郵便と無縁になってしまった「若者」をクローズアップする。第三首、処理水放出にかかわる歌が多くあった中の一首。

【高野公彦選】　九月二十四日

ヘルメットの下は長髪自由の風起こして慶應優勝したり
（埼玉県）小林淳子

サイレンが夏の終わりを告げるとき百七年の時が流れた
（甲州市）麻生　孝

やりを持ち神話の中から現れて勝利の北口榛花《はるか》のエクボ
（横浜市）杉本恭子

かっこいいママでありたい夏休み苦手な蟬を二匹捕える
（川崎市）小暮里紗

テレビで観《み》て逢坂《あふさか》の関越えて来る音も楽しむ琵琶湖の花火
（京都市）森谷弘志

☆満月も虹もきれいな朝焼けも母は家族を呼んで眺める
（富山市）松田梨子

ボランティア保育士中二の娘の抱っこ園児並んで順番を待つ
（朝霞市）岩部博道

敗戦後疎開先にて身まかりし父も戦死者　国みとめぬが
（佐渡市）中川泰成

台所五十年間休みなく生きて動いて考えた場所
（飯塚市）春　春代

なまこ壁を撮《うつ》せる我の足元へ親しげに寄る津和野の鯉は
（大阪市）多治川紀子

評　一首目と二首目、夏の甲子園で百七年ぶりに優勝した慶應高校にそれぞれ拍手を送る歌。三首目、先日の世界陸上選手権の女子槍《やり》投げで優勝した北口選手への讃《さん》歌《か》。投擲《とうてき》距離も凄《すご》いし、勝利後のあふれるような笑顔も良かった。

【永田和宏選】　九月二十四日

☆「一定」とは何を指すらむ「一定の理解を得た」と流す処理水

（長井市）大竹紀美恵

処理水の放出決まるその朝も市場に並ぶ福島の魚

（石川県）瀧上裕幸

処理水の放出完了三十年忘却までに必要な時

（高崎市）小島　文

自転車を漕いで二十歳《はたち》のわれが行くなんて自由でさびしいのだろう

（東京都）山下征治

猫じゃらしはエノコログサっていうんだね猫じゃなくって「犬ころ草」って

（木津川市）角谷陽子

夏休みの南の海の水槽にカメラ目線のクマノミ一匹

（奈良市）山添聖子

☆串本の海中公園海ガメの赤ちゃんだっこした夏休み

（奈良市）山添聡介

職人の細工のごとく白壁に熊蟬鳴けりさざなみの午後

（新居浜市）紺屋四郎

人もまた可燃物なり母が語る大空襲に夏の夜寒し

（佐世保市）近藤福代

ぎっしりの本描かれたシャッターに「週休七日」三月書房

（京都府）島多尋子

評　「一定の」という常套句《じょうとうく》の意味を問う大竹さん、瀧上さん、放出決定の朝もいつものように並べられる福島の魚、放出完了まで忘れないでいられるかと問う小島さん、それぞれの視点が鋭い。山下さん、そう二十歳って「なんて自由でさびしいのだろう」。

【馬場あき子選】　九月二十四日

☆串本の海中公園海ガメの赤ちゃんだっこした夏休み
（奈良市）山添聡介

この街にいつできたのか小鳥病院お下げの少女の膝に鳥籠
（東京都）白石久美子

アンデスに四千万年眠りたる鯨の歌はケーナの調べ
（八王子市）額田浩文

眼を病める夫の手をとり行く道を鹿が横切る山中湖村
（横浜市）井上優子

誰がどう理解したやら「一定の理解」で処理水海洋放出
（安中市）鬼形輝雄

捨てるとは言わず放出するという言い替え文化はびこる日本
（横浜市）白鳥孝雄

輸入せぬ魚を中国漁船団日本近海に来ては獲りけり
（東京都）岡　純

満月の夜に現はれる鹿の群れ鹿踊りのごと柵を倒せり
（岩手県）山内義廣

象のパールははじめての仔を産むおりも足は鎖につながれており
（津山市）船岡允子

マネキンの案山子まばらにいる畑に一羽の鶴が悠然と立つ
（大阪市）多治川紀子

評　第一首の串本は和歌山県の南端、ここに海中公園がある。山添君は赤ちゃん海亀をだっこした。夏一番の収穫だったか。第二首は小鳥病院の可憐《かれん》な感じが少女に似合わしく、第三首は四千万年前の骨の出土によるロマン。

【高野公彦選】　十月一日

葛布《かっぷ》織り茶を摘み畑耕して記憶の祖母は常に働く
（福山市）倉田ひろみ

エアコンの設定温度を1℃上げ一人に戻る九月一日
（奈良市）山添聖子

☆村を出る君を見送る丘陵に太陽光パネルの建設の音
（安芸高田市）安芸深志

マンモスの牙守り来しシベリアの凍土溶けだし盗掘進む
（観音寺市）篠原俊則

いい笑顔いつも言われるそれきっと毎日野菜と話しているから
（菊池市）神谷紀美子

思いのほか難所の多いソナタだねモーツァルトに小さく文句
（富山市）松田わこ

☆田園の中に居酒屋「田んぼ」あり蛙鳴くごと人で賑《にぎ》わう
（三郷市）木村義熙

スポーツ欄見出しに勇気もらう朝「挑戦」「飛躍」「攻める」「逆転」
（新潟市）江口康子

「ではまた」と手を振るごとくゆらゆらと精霊舟は岸離れゆく
（生駒市）辻岡瑛雄

熱帯夜の名残りとどめる西空にブルームーンの有明の月
（横浜市）松村千津子

評　一首目、確かに昔の人は、働くことが趣味のように毎日よく働いていた。敬愛の思いで祖母を回想する作者。二首目、子供たちの夏休みが終わり、節電生活へ。三首目、過疎化する村を哀しむ心。四首目、地球温暖化でこんなことが。

【永田和宏選】 十月一日

座り込み七千日を越えました座り胼胝《だこ》をもいとしく思う
（名護市）玉城　光

帰りたいといつも言ってる入所者が家族の前では何も言わない
（川崎市）川上美須紀

「面会」とうよそ行きの言葉よりなきか日々顔合わしし妻子と会うに
（和泉市）長尾幹也

ピカピカに車をみがく友人にこの世は無常と言ってもむだか
（大阪市）渡辺たかき

川のぼる鮭は自分がこの川で死んでゆくのを知ってるだろうか
（五所川原市）戸沢大二郎

☆村を出る君を見送る丘陵に太陽光パネルの建設の音
（安芸高田市）安芸深志

突然に「既読」がつかなくなった夜終着駅にも人影はない
（横浜市）森　秀人

ミサイルを防衛装備と呼ぶ国が汚染に非ずと流す処理水
（東京都）土屋進一

☆カーブごとに山の緑は濃くなりて風伝峠を越えれば熊野
（奈良市）山添聖子

数独は埋める過程に極意あり解答の図に解答はなし
（尾道市）森　浩希

評　玉城さん、六月、辺野古の基地反対の座り込みが七千日を越えた。座り胼胝ができるまで頑張ってこられた「浜テント」の人々の、強い意志と誇りを皆が共有すべきだろう。川上さん、家族の前では帰りたいと言わない入所者の微妙な心理。

【馬場あき子選】　十月一日

スーパーに「昆虫釣り」の出店見ゆ子らが遊びに命釣り上ぐ
（観音寺市）篠原俊則

土埃立ておる赤色トラクター夏の畑に無敵ザリガニ
（岐阜市）後藤　進

ひとり旅パリ裏町の食堂にザリガニ食ひし真昼ありけり
（鹿嶋市）加津牟根夫

悪臭のあまりの強さにカメムシは死ぬものもありと聞く過剰防衛
（福島市）澤　正宏

友と行くニューオープンのカフェテリア意外な上司が教えてくれた
（富山市）松田梨子

立ち売りの力餅買う峠駅奥羽本線はつあきの旅
（仙台市）沼沢　修

みこし減り夜店も減りしお祭りの花火の音は天上を突く
（飯田市）草田礼子

こちらもか国産の竹育たずに茶筌《ちゃせん》は倍の値になると聞く
（下呂市）河尻伸子

茸狩り一子相伝と言はるるも祖父は誰にも告げず逝きたり
（前橋市）荻原葉月

よく転びよく立ち上がるみどりごは草の匂いをたしかめて歩む
（稲沢市）山田真人

評　第一首の子供相手の出店は金魚ならぬ「昆虫釣り」。釣られた昆虫たちは遊ばれたあと死を迎える。下句はずばり切ない。第二首のザリガニは畑や土にも棲《す》む。第三首はパリ裏町の食堂でザリガニを食べたとか。

【佐佐木幸綱選】 十月一日

ガソリン車なきツェルマットを行く馬車よ青天を衝くマッターホルン
（東京都）椿　泰文

盆北《ぼんぎた》が吹けばたちまち秋がくる漁師のことば今はなつかし
（壱岐市）篠﨑美代子

若き日の所作おぼろげにゆらり舞うホームの母のおわら風の盆
（三鷹市）大谷トミ子

☆田園の中に居酒屋「田んぼ」あり蛙鳴くごと人で賑わう
（三郷市）木村義熙

電柱の影で涼んでみたもののどうやったって私がはみ出る
（会津若松市）清野智子

☆カーブごとに山の緑は濃くなりて風伝峠を越えれば熊野
（奈良市）山添聖子

「処理水」と必死に言いかえねばならぬ我らは何とたたかっている
（佐渡市）藍原秋子

花の名を知らない吾と星の名を知らない友が語るアルプス
（神戸市）松本淳一

物音に庭を覗けばアライグマ両手を合はせ吾を見てをり
（町田市）山本喜多男

新聞の折り込みに読む樹木葬明るく誘う死後のイメージ
（仙台市）沼沢　修

評

第一首、ツェルマットはアルプスの登山口として知られるスイスの町。澄んだ空気を背景にマッターホルンの大景が美しい。第二首、「盆北」は旧暦の盂蘭盆《うらぼん》の頃吹く北風。第三首、現在の母の動作をうたう上句の表現がなんとも切ない。

【永田和宏選】　十月八日

いろいろとあるよねと言ういろいろを訊かず四人は二度目の乾杯　（松阪市）こやまはつみ

野原《フィールド》で戦う若き兵士等に観客は無し声援も無し　（五所川原市）戸沢大二郎

ウクライナ七万ロシア十二万侵略なくばまだ在りし人　（観音寺市）篠原俊則

この世には残業代と夜勤手当ありしこと知る教職やめて　（霧島市）秋野三歩

老人の一部は戦後生れにて戦時の子より体格は良き　（相馬市）根岸浩一

「波切《なきり》とふ町にゐる」白い灯台と鷗《かもめ》の絵葉書が暮れてゐた　（京都市）森谷弘志

献立を考えることもなくなりて料理番組観てもメモせず　（豊中市）夏秋淳子

テレビ付きドア・ホンつけて人を待つ三日目カケス五日目タヌキ　（長野県）千葉俊彦

正確に言えばこうなる「トリチウム微量残留汚染処理水」　（朝霞市）岩部博道

髪切ったことに気付かぬ夫ならば毒盛られてもきっと気付かぬ　（戸田市）蜂巣幸彦

評　こやまさん、お互いにいろいろあるが、それを聞かないのが旧友というもの。「二度目の乾杯」がいい。戸沢さん、ラグビーなどの大きな声援に比し、誰も見ていない場での兵士らの凄惨《せいさん》な戦い。篠原さん、わずか一年半でこれだけの死者が。

【馬場あき子選】 十月八日

☆「わっ」と言う訪問先のお客様私の肩に大きなバッタ
（富山市）松田梨子

アマエビやメギス市場にお目見えす底引き網漁解禁の秋
（石川県）瀧上裕幸

骨折の祖母に頼まれ水まけば一斉に庭のカエル飛び出す
（富山市）松田わこ

きび砂糖の甘味の底の沖縄の悲しみ思い大さじ二杯
（福島市）美原凍子

名寄岩《なよろいわ》・照国《てるくに》もいたり海軍の松根掘りし庄内の山
（柏市）秋葉徳雄

種籾の不足と聞きし酒米の割り振りを待つコロナ禍終へて
（長野市）原田浩生

踊り手の声無きおわら風の盆胡弓の調べ闇にしみ入る
（大和市）水口伸生

右足を出したら次は左足シミュレーションする初松葉杖
（東京都）阪本俊子

山畑に行くが楽しみ木障《こさ》に生《な》る通草《あけび》が一つ二つと捥《も》げて
（所沢市）若山　巖

☆ブーメランみたいに平たい海ガメの赤ちゃんの手はつばさの形
（奈良市）山添聡介

評　第一首はお得意先廻《まわ》りの時か。いつしか肩に止まっていた大きなバッタを見つけたお客様の驚きが面白い。第二首のメギスはニギス科の海水魚。いよいよ秋の漁期である。第五首、戦中お相撲さんも松根油採取に使役された。

【佐佐木幸綱選】　十月八日

勢ひよく籾摺《もみすり》機より出でし米袋に入れてわが名を記す
（匝瑳市）椎名昭雄

頑張れと阪神応援するよりも自分の仕事頑張れと妻
（海南市）樋口　勉

天候に左右をされる職人で混み合う雨のパチンコ店内
（浜松市）久野茂樹

山あいを走る列車はファスナーを閉じゆくように駅をめざせり
（大阪市）多治川紀子

炎天にすかすか白き時刻表岬のバスは一日二本
（福岡市）藤掛博子

夕陽浴び影絵のごとき山を背に大極殿は朱く浮上す
（大和郡山市）こたにひかる

この国は炎暑がトップニュースなり七十八年戦《いくさ》なき国
（東京都）上田国博

芋虫は柚子の葉色に脱皮して柚子の葉を食《は》む頭振りつつ
（仙台市）武藤敏子

ムササビが昔、鎮守の森にいたことばかり言う若い宮司が
（枚方市）久保哲也

☆かけ声は「1、2の、さんごしょう」だった水族館の記念撮影
（奈良市）山添　葵

評　第一首、新米を出荷する緊張感をさりげなく表現して、結句うまい。第二首、作歌時は阪神の優勝がまだ見えていない時だった。第三首、混雑する雨の日のパチンコ店独特の空気。第四首、山あいを走る列車を大きく遠景で捉えて印象的。

【高野公彦選】　十月八日

登り来て山頂はまだ見えねども生きて来た日々広がる下界
（筑紫野市）桂　仁徳

モノクロで見るものだった戦争が４Ｋとなり今起きている
（横浜市）萱谷彩香

名を覚え難きわたしがプリゴジン、プーチン、ゼレンスキーは言へる
（坂戸市）納谷香代子

早朝の犬の散歩の時すでに人影見ゆる職員室は
（大分市）岡　義一

処理水の海への放出始まれば原発の可否あらためて問はむ
（鎌倉市）石川洋一

☆「わっ」と言う訪問先のお客様私の肩に大きなバッタ
（富山市）松田梨子

母からの電話はああで始まってありがとうありがとうで終わる
（綾瀬市）小室安弘

☆かけ声は「1、2の、さんごしょう」だった水族館の記念撮影
（奈良市）山添　葵

おばあちゃんボケとツッコミ足りひんよ十歳の児は声高に言ふ
（舞鶴市）新谷洋子

☆ブーメランみたいに平たい海ガメの赤ちゃんの手はつばさの形
（奈良市）山添聡介

評　一首目、下界の風景を見て今日までの人生を想起したのが新鮮。二首目、モノクロでしか見たことがない戦争を、鮮やかな４Ｋの映像で見ることの悲哀。三首目、連日の報道でいつのまにか難しい人名を覚えてしまったことが悲しい。

【馬場あき子選】　十月十五日

新変異株の名前が「エリス」とは草葉の陰の鷗外唖然
（五所川原市）戸沢大二郎

ひぐらしの遠くしづけきこの夕べ汚染処理水潮に混りぬ
（小美玉市）津嶋　修

昼過ぎの冷蔵庫の前Tシャツと防寒具とが話してゐたり
（焼津市）増田謙一郎

新米の北海道米おいしくて明治に渡道の祖父母思いぬ
（旭川市）齊藤洋子

図書館で雨情の詩集繙《ひもと》けば我がふるさとの「篠栗《ささぐり》」ありし
（川越市）西村健児

正月の空をのびのび遊びたるカイトはくくられ雀を威《おど》す
（松山市）宇都宮朋子

あかときの空いっぱいに横隊を組みて川鵜の多摩川目指す
（昭島市）奥山公子

夜もすがら色なき風は海こえてきのう伊豆から今朝は安房から
（三浦市）秦　孝浩

戦争は遠き歴史の一コマとならむや骨なき御墓苔むす
（浜松市）櫻井雅子

曇りがちな空に土鳩の声ひびく関東大震災百一年目の朝
（京都市）後藤正樹

評　第一首、コロナの新変異株の名「エリス」は、奇《く》しくも「舞姫」の主人公の恋人の名。鷗外初恋の人だ。第二首の上句のさわやかな日本の秋に下句の現実。結句の表現に傷みの心がある。第三首は真逆の夏の異装。職種の差が面白い。

【佐佐木幸綱選】　十月十五日

もういない爺さんの笑う声がする祖母の居室に陣どる鸚《おう》鵡《む》
（スイス）岸本真理子

先生とわたしだけなのクラスでは子のつく女子がと孫の真子いふ
（東京都）庭野治男

美術館をまったりと出でて隣接の陶器市にて日常を買う
（川崎市）新井美千代

蕎麦の花そよぐ向こうの湖《うみ》をゆくスワンの船を君とみている
（西宮市）澤瀉和子

デイケアで叔母が覚えし「こんにちは」にインドネシア語ベトナム語あり
（東京都）三神玲子

高速の山から山への高架橋実家見下ろし車走らす
（山形市）佐藤清光

前列の真似して動くコンサート座りたくとも座れば見えず
（長崎市）田中正和

頃合ひを計りてボードを沖へ出すサーファーは波と対話かさねて
（八戸市）夏木　良

六甲おろし歌へよ歌へトラキチの亡き夫《つま》に告ぐ阪神優勝
（枚方市）鍵山奈美江

十八年待ちに待ったる優勝に今生最後と言う人のあり
（さいたま市）松田典子

評　第一首、もう亡くなったはずの祖父の笑い声が聞こえる祖母の部屋。「陣どる鸚鵡」の迫力。第二首、「子」のつく名前が新鮮に見える昨今である。第九、第十首、今週は、阪神タイガース十八年ぶりの優勝にかかわる作が多くあった。

【高野公彦選】　十月十五日

太き串口より刺され強き火にあぶられながら生きている鮎《あゆ》
（神戸市）丸山世紀子

一生の大事へゆくを落ち鮎とよぶ非をわびていただく夕《ゆう》餉《げ》
（逗子市）織立敏博

帰省した息子の声する家の中独り暮らしが俄《にわか》に弾む
（菊池市）神谷紀美子

家族旅4人それぞれ希望地のプレゼンをして待つ投票日
（富山市）松田わこ

大っ嫌いでもバッカヤローでもなんでもいい聞きたかったよ最期の言葉
（大阪市）石田孝純

祖母からも保育所からも忘れられ二歳児はただ待ちて待ちて逝く
（福山市）倉田ひろみ

ドーナツをおやつに出せば小四の男子は視力検査を始める
（奈良市）山添聖子

熊避けの鈴がシャリシャリ澄み渡る朝の散歩はお遍路のごと
（安芸高田市）安芸深志

なんという命の鼓動　秋の日のホールに響くカホンの音は
（東京都）八巻陽子

海面が泥色になり上海の近づいてくる三日目の船
（東京都）椿　泰文

評

一首目、結句まで読んで衝撃を受ける作。二首目、産卵のため川を下るのを「落ち鮎」と呼ぶのは失礼だ、と。三首目、同感する独居生活者が多数いるのでは？四首目、旅行希望地をプレゼン（発表）して投票とは、新しい家族像だ。

【永田和宏選】　十月十五日

「寺務所迄連絡求ム」墓石に吊るすA４また増える夏
（東京都）浅倉　修

突然の雷雨に追われ逃げ込んだ店がそのまま宴席と化す
（東京都）佐藤仁志

キャンパスに下駄を鳴らして行くことが青春だった昭和が遠い
（浜松市）久野茂樹

三等は上段広くて楽なんだ父が言ってた寝台急行
（東京都）岡　純

雑魚寝して夜行列車で往復すスキー列車と言われてた頃
（千葉市）鈴木一成

閃いたアイディアすぐに試したく月光砕いて夜のラボに入る
（アメリカ）大竹幾久子

今もなほ一万人の骨を秘め Iow Jima 表記の米軍基地名
（羽咋市）北野みや子

年功と派閥が大事と言えぬからとりあえず言う「適材適所」
（中津市）瀬口美子

紀元前と後の隔たりあればなお妻ありし世と亡き世の隔たり
（小金井市）神蔵　勇

蚊をつぶししたり顔にて夫の言ふ「百パーセントこれはおれの血」
（加古川市）長山理賀子

評　浅倉さん、管理に手が回らない親族が多くなり、無縁墓となる墓が全国的に増加している。佐藤さん、雨宿りしただけなのに、そのまま呑《の》み会へ。よくあるケースだ。久野さん、岡さん、鈴木さんは、いずれも貧しく、眩《まぶ》しい青春時代を懐かしむ。

【佐佐木幸綱選】　十月二十二日

職業は介護従事者職場では全員マスク目力が要る
（横浜市）桑田よし子

ドットとは何であるかと父問へりＩＴ知らぬ生もよきかな
（加東市）藤原　明

この人は誰かと見てる瞳孔に吾が映りて首かしげる母
（豊後高田市）榎本　孝

沖縄の苦難の歴史をジュネーブで世界に訴える玉城デニー知事
（八尾市）宮川一樹

福来旗《ふらいき》に集魚灯《あかり》で応え出漁す秋刀魚船団白浪たてて
（気仙沼市）及川睦美

切れのよき口笛のごと啼く声は川面を狙ふ番《つが》ひの鶚《みさご》
（下関市）内田恒生

阪神が負け続けていた日々に吾は子を授かった母をなくした
（和泉市）星田美紀

自転車の前と後ろに枯れ草を二回運んで朝が始まる
（松阪市）笛木敏子

堰あれば多摩川の水たゆたひて中洲の石の白く定まる
（多摩市）豊間根則道

子どもらと肉天食べし来々軒娘が継いでカフェらいらいに
（東京都）岡　純

評　第一首、全員マスクの職場の毎日。結句「目力が要る」に納得。第二首、ＩＴ至上の時代によく言ったと思うこの歌の下句。第三首、たぶん施設に入っておられる母と面会した場面だろう。ていねいな細部にわたる描写が心に沁《し》みる。

【高野公彦選】　十月二十二日

十月の雨に学徒の出陣を見しや外苑の樹木危うし
（中央市）前田良一

人の手で掘られた間歩《まぶ》は銀山のタイムトンネル出れば蟬《せみ》鳴く
（出雲市）塩田直也

水音のひびきはつかに秋めきて今朝の厨の蛇口光りぬ
（福島市）美原凍子

猛暑日を助けてくれたそうめんに別れを告げて作るボンゴレ
（五所川原市）戸沢大二郎

スーパーで車を停める定位置が日陰になりて秋を感じる
（埼玉県）永井久恵

ダムの底しづみし村のあたりよりさざなみ生まる秋祭りごろ
（神戸市）松本淳一

昨日より空が高いと頷いて栗あんパン買うここからが秋
（相模原市）石井裕乃

自転車を押しつつ眺む荒川の夕日はパンクがくれたごほうび
（朝霞市）岩部博道

☆「カルピス」は内モンゴルがルーツとは知らずに飲んでた初恋の味
（茅ヶ崎市）藤原安美

戦争をしたがる人は行かぬ人御霊《みたま》に哀悼捧げるだけで
（東京都）塩田泰之

評

一首目、神宮外苑の樹木たちは学徒出陣を見守った筈《はず》。その樹木を伐採する計画に異を唱える作。二首目、間歩は人が掘った坑道。そのタイムトンネルを抜けると令和の蟬の声。三首目～七首目は、それぞれ味わいのある秋感受の歌。

【永田和宏選】　十月二十二日

見せかけは気丈夫なれどあかんたれほんとのわたしを知ってたあなた
（豊中市）夏秋淳子

「してやる」の「やる」は要らない団塊の夫の優しさ男の顔よ
（横浜市）井上優子

わが妻は雑な男のささがきを雑ねと言ってうまそうに食う
（鎌倉市）小椋昭夫

女性閣僚一人だに異議を唱えざり「女性ならではの感性」か、それ
（水戸市）中原千絵子

本人にハラスメントの自覚なしハラスメントはそこが肝だと
（富士市）村松敦視

年ごとに急かされ惜しむ夏なりきつくつく法師今年は鳴かず
（浦安市）菊竹佳代子

暑すぎて蟬が鳴かない蚊もゐないどうなる人新世の生命誌は
（東京都）福島隆史

人材か人手かで差がある時給高校生は人手なんだね
（浦安市）野田充男

目を開けることに集中しすぎてて授業の内容思ひ出せない
（東京都）林　真悠子

私がしたことにまちがいありませんゴーヤを置いて書店をでました
（日立市）加藤　宙

評　夏秋さんの、ほんとの私を知ってくれていた夫、井上さんの、「やる」は不要だけれど団塊の優しさを持っている夫、小椋さんの、雑な男のささがきを喜んで食べてくれる妻、どれもいいカップルだ。中原さん、村松さんは是非、対にして読みたい。

【馬場あき子選】　十月二十二日

寺を継ぎ僧となりたる教え子に知らず知らずに敬語を使う
（観音寺市）篠原俊則

☆「カルピス」は内モンゴルがルーツとは知らずに飲んでた初恋の味
（茅ヶ崎市）藤原安美

遠目には森と見えしが近づけば鳥洲神社の一本クスなり
（八尾市）水野一也

そち行くなこち来《こ》と呼ばふ母猫の威ある声かな飛び跳ねる仔らに
（水戸市）檜山佳与子

亡くなった作業員らにどれほどの補償のありや家族のありや
（神戸市）田崎澄子

足下ろす刹那に雉子《きじ》の抱卵と知りて跨ぎて心臓躍る
（霧島市）秋野三歩

銅鐸のねむりし丘を守るごとシラタマホシクサ地に降り敷きぬ
（浜松市）松井　恵

馬鹿貝はときどきいるが馬蛤貝《まてがい》も浅蜊も失せし遠浅の浜
（三浦市）秦　孝浩

十勝野の大地の恵みを積み走るジャガイモ列車タマネギ列車
（北海道）大戸秀夫

温暖化の海を嘆くかこの秋も身の細りゆく秋刀魚かなしも
（仙台市）沼沢　修

評　第一首は僧職に対する無意識の敬意が生んだ敬語が微妙に面白い。第二首、初恋の味はモンゴルからだったか。第三首の樟《くす》の大樹の生命力。神社仏閣に巨樹が多いのはなぜだろう。第四首さすが母猫、猫語の力をみせる。

【高野公彦選】　十月二十九日

訪露してロシアの勝利を信じると言いし日本の国会議員
（観音寺市）篠原俊則

包丁の手を止め火を止め息を止め草雲雀《くさひばり》聴く朝のキッチン
（中津市）瀬口美子

食べていない期間＝《イコール》祖母のいない時間となりしずいきの炊いたん
（奈良市）山添聖子

啄木の三倍生きて花屋の前通りすぎけりある歌思う
（大和郡山市）四方　護

中秋の家族カラオケ大会の優勝は母澄んだユーミン
（富山市）松田梨子

みどり児を抱《いだ》けば甘き匂ひせり生きゆくための愛《かな》しき匂ひ
（八尾市）水野一也

筋無力症の友のそだてし新米はこしがつよくてとろりとあまし
（盛岡市）山内仁子

生きるためどんな仕事も厭わずにして来たことを財産とする
（三郷市）木村義熙

漢字四文字の姓に憧れ列挙せり武者小路万里《までの》小路勅《て》使《し》河《が》原《わら》長曽我部
（船橋市）佐々木美彌子

☆百五十人分お抹茶の裏ごしをしました学園祭の前日
（奈良市）山添　葵

評　一首目、「なぜそんなことを」と呆《あき》れた日本人が多かったのでは？　二首目、小さい秋の、澄んだ鳴き声。三首目、祖母の作った芋茎《ずいき》の炊いたのを懐かしむ心。四首目、「友がみなわれよりえらく」の歌を思いつつ彼我《ひが》の人生を比べる作者。

【永田和宏選】　十月二十九日

母さんはもの書きになるには闇が足りないと娘が言う隠せているのだな、闇　（呉市）今泉洋子

「レカネマブ」承認された薬の名忘れる前に覚えられない　（千葉市）李原美穂

ピザの味ソーセージの味牛の味を知るわたし　熊でなくてよかった　（稲沢市）伊藤京子

なんだみな同じ思いか旺文社赤尾の「豆単」復刻版ある　（大和郡山市）四方　護

駅前の更地となりし古書店のはたきの親爺の今を思えり　（観音寺市）篠原俊則

人はいつか死ぬのだ薄いソノシートダークダックスぞうさんも吾も　（吉川市）竹之内　桂

虎キチで里騒がせし亡き夫の名を人ら言う阪神勝ちて　（飯田市）草田礼子

父がいつも母に隠れて呑んでいた酒屋の横のベンチなくなる　（佐世保市）近藤福代

鉄橋をわたる列車の影冴えて渓の水澄む仙山線は　（仙台市）沼沢　修

☆百五十人分お抹茶の裏ごしをしました学園祭の前日　（奈良市）山添　葵

評　今泉さん、私が裡《うち》に持つ闇は娘にも気づかれていないようだと、哀しい安心。李原さん、アルツハイマー新薬。忘れる前に覚えられないとは、言い得て妙。伊藤さん、なまじ牛やピザの味を覚えたばかりに射殺される熊。O《オ》S《ソ》O18が死んだ。

【馬場あき子選】 十月二十九日

秋の月太るころまで仔牛《こうし》らはネッククーラー巻かれ乳飲む
（稲沢市） 伊藤京子

短歌では嘘はついてもいいのよと俵万智氏が楽しく語る
（千葉市） 甲本照夫

店員の腕に爪立てからみつく大イセエビの腹筋強し
（三鷹市） 大谷トミ子

☆百五十人分お抹茶の裏ごしをしました学園祭の前日
（奈良市） 山添　葵

「おひとりさま」と案内されしは隅の席ふたりの席は空いているのに
（豊中市） 夏秋淳子

献体の遺骨が届く郵便で時代もそこまで来たかと溜め息
（福島市） 澤　正宏

☆どたどたと園児駆ければ川岸の亀が飛びこむどぼんどぼんと
（知多市） 佃　尚実

犬が逝き山羊《やぎ》を飼いはじめた人の道草ばかりで散歩にならず
（松阪市） こやまはつみ

江戸城の中を見たしと猛暑日に外国人客長蛇の列なす
（町田市） 山本喜多男

古稀の旅ウィーンの町にアヴェマリア弾きぬショパンの碑に合掌す
（市川市） 吉住威典

評　第一首は今年の異常な暑さゆえの対処法。仔牛が飲む乳の量が減らないようにとネッククーラーが十五夜近くまで用いられていた。第二首は作歌の秘伝？の面白さ。第三首、大イセエビも必死の抵抗。腹筋は作者の感覚的比喩。

【佐佐木幸綱選】　十月二十九日

ひつそりと良寛揃《そろ》ふ古書肆《こしよし》あり吟味しつつも四冊買ひぬ
（沼田市）堤　一巳

「唯生きてゐる」と記しし同年の荷風の日記に傍線を引く
（東京都）豊　万里

☆どたどたと園児駆ければ川岸の亀が飛びこむどぼんどぼんと
（知多市）佃　尚実

シマリスは終に泳ぎぬ水面に浮かぶ木の実に尾をゆらしつつ
（横浜市）吉川米子

田や畑に神出鬼没の猿なれど村人はそをあんちゃんと呼ぶ
（熊本県）守田くみ

最期まで農に慣れずに逝きし母愛したリンドウ段畑に咲く
（安芸高田市）安芸深志

暑き夜を涼しまんとす志ん朝の「お化け長屋」を聴きつつ寝入る
（七尾市）田中伸一

秋の日のローズマリーの花のままをするるりするりとカナヘビがゆく
（仙台市）小室寿子

包装紙裏にびっしり帰りたいスマホを持たぬ母の入院
（東大阪市）大野聖子

コミックの書架三連がダンボール二十八個となりて運ばる
（大阪市）末永純三

評　第一首、良寛を何冊も読み込んでいる作者だろう、古書肆を表現して「ひつそりと」が味わい深い。第二首、永井荷風『断腸亭日乗』に人生を読む、そんな年齢になったの意味だろう。第三首、「どたどた」と「どぼんどぼん」の対比の妙。

【永田和宏選】　十一月五日

和訳した〝I miss you〟を伝えたい「夕日がとても綺麗だったよ」　（神戸市）浅野月世

血管に刺すこの針は細くとももう場所がない君の腕には　（浦安市）中井周防

はいはいとはいとはーいを使い分けうちなる富士の噴火を防ぐ　（春日部市）宮代康志

愛してるとも好きとも言わず逝ったけど三十九年おもしろかった　（豊中市）夏秋淳子

☆泣きながら裏山に来て父親の一升瓶を叩《たた》き割りたり　（大分市）野田孝夫

デ・キリコの少女にふっと会えそうな街中の午後ペダル踏みゆく　（高山市）松井徹朗

嬬恋村《つまこひむら》より沖縄へ到着すマーキングされしアサギマダラは　（前橋市）荻原葉月

〝お勝手〟と呼ぶ母さんが出入りするときだけそこは勝手口　（町田市）中野功治

旅立った妻があきれてしまうほど明るく生きねば妻がかなしむ　（館林市）阿部芳夫

親族は他人同士の集まりで赤ちゃん一人が皆とつながる　（東京都）上田結香

評　浅野さん、「あなたが恋しい」なんて野暮《やぼ》。こんな和訳をもらったら、誰でも靡《なび》くこと必定。中井さん、もう針を刺す場所もないほど点滴をしてきた君を悲しむ。宮代さん、ニュアンスの違う「はい」を使い分けて裡なる火を鎮める。

【馬場あき子選】　十一月五日

秋の日や荒川沿いの遊歩道小亀一匹センターを行く
（戸田市）蜂巣厚子

九月田のなかに分け入り荒稲《あらしね》の三粒を噛みぬ　明日、刈り取らむ
（宮城県）石川　鋼

バーレーンの何も知らずにバーレーンのカニを茹でおり秋の厨に
（福島市）美原凍子

少年野球の監督として日曜日非番の巡査校庭に立つ
（三鷹市）宮野隆一郎

キスをした日から何もかもこれまでの景色の色が濃い何もかも
（大船渡市）桃　心地

☆泣きながら裏山に来て父親の一升瓶を叩き割りたり
（大分市）野田孝夫

父遺せし蜜柑畑は放置され有明海の夕照にはゆ
（船橋市）村田敏行

びっしりと網戸にへばる亀虫に異常気象を知る九月尽
（箕面市）大野美恵子

☆兜虫の幼虫焼いて食べていた進叔父さんの時代来たれり
（佐世保市）鴨川富子

上の葉から順に食べてゆくルリタテハの幼虫いつも葉の裏にいて
（仙台市）小室寿子

評　第一首は秋日ざしの長閑《のどか》なある日の遊歩道。荒川沿いの雰囲気もよい。道のセンターを悠々とゆく小亀の姿に嬉しくなる。第二首の荒稲は穂からじかに摘んだ稲粒。上等の米の味だったのだろう。第三首はバーレーンの渡《わた》り蟹《がに》だろう。

【佐佐木幸綱選】　十一月五日

☆兜虫の幼虫焼いて食べていた進叔父さんの時代来たれり
（佐世保市）鴨川富子

木洩れ日と風のさざめき鳥のこゑもろとも失くす欅《けやき》を剪《き》りて
（羽咋市）北野みや子

捨て猫に給食のパンやりし子は牧場に住み馬の世話する
（横浜市）和田順子

農事試験に過ごしし若き日のありき稲田を見れば心鎮まる
（東京都）上田国博

駅々で手を振る人ら待ち待ちて南阿蘇路に鉄道走る
（熊本市）徳丸征子

井戸水がふと温かい秋の朝布団を替えて湯たんぽを出す
（下呂市）河尻伸子

淵に瀬に思ひ思ひに入り立ちて竿振る人ら青き那珂川
（水戸市）檜山佳与子

食料品買いきてながめ今更に壱万円の価値をうたがう
（横浜市）白鳥孝雄

A．I．に恋する人を訝《いぶか》らぬ奇異なことでもなし我らには
（伊勢市）中西欣也

中秋の名月の夜ベランダに東の空の木星を待つ
（春日市）横山辰生

評　第一首、昆虫食の時代が見えてきた。「進叔父さん」はどんな人だったのだろう。第二首、欅を伐採したために失ってしまったものの大きさ。第三首、現在、牧場で馬たちと暮らす息子（娘かも知れない）の幼き日を思い出す作者。

【高野公彦選】　十一月五日

獄中の人となりても「引き下がらない」モハンマディさんノーベル平和賞
（安中市）鬼形輝雄

獄中で闘ひ続くる人もあるに我は娑婆にて無為に生きたり
（朝霞市）岩部博道

野良仕事引退宣言後の父を秋の陽射しが畑へいざなふ
（津市）土屋太佳子

岩に立ち不動で水面《みなも》を見つめていた仁淀ブルーの鮎を釣る父
（東京都）小川あゆみ

これで今日二度目の通り雨に遭い変えてみたくなる生き方少し
（富山市）松田わこ

〈春夏冬中《あきないちゅう》〉本当に無くなりそうでだから一杯飲んでいこう
（袖ケ浦市）一尾弘志

鍋物の具材出始め夫亡くした友に淋しい初めての秋
（春日井市）伊東紀美子

もう誰も住まぬ実家の仏壇の兄の遺影の白き歯並び
（東京都）村上ちえ子

「初冠雪」と聞けば清らかな気持ちになる遠い日きみと初めて会った日
（東京都）上田結香

月食のときだけ仕事を休めます月のうさぎはいつも大変
（奈良市）山添聡介

評　一首目と二首目、弾圧・拘束されても闘い続けるイランの人権活動家への讃歌《さんか》。三首目、農作業の好きな老父は、陽射しを浴びるとじっとしていられない。四首目、思い出の中の父の元気な姿、そして澄んだ仁淀川の水の美しいブルー。

【馬場あき子選】　十一月十二日

藤井聡太「もっと実力が必要」と自《し》をいましめて八冠に
なる　（川崎市）小林冬海

終盤に一瞬ミスせし永瀬王座顔は険しく身を捩《よじ》りたり　（三鷹市）坂本永吉

木耳《きくらげ》のぞつくり生えて仰天す庭の銀杏の枯木切株　（前橋市）荻原葉月

ガラス戸に五匹点てん亀虫めそんなきれいな緑色して　（宝塚市）寺本節子

団塊の世代の孤独胸に秘め谷村新司昴《すばる》となりぬ　（東京都）東　賢三郎

沖縄は日本に復帰し半世紀孤立無援の戦い続く　（三郷市）木村義熙

終戦時小五のわれらに「幸せは…」橘《たちばな》曙覧《あけみ》を教えし先
生　（蓮田市）斎藤哲哉

干し草の饐《す》えたる匂ひ肥料の香混じりて秋は牛舎を包む　（徳島市）上田由美子

ハシビロコウ微動だにせず「あなたみたい」一声にわれ
動く　（袖ケ浦市）一尾弘志

山火事を生き抜く術を知っていたヘラジカ達に木々はや
芽吹き　（豊中市）澤田和代

評　第一首、第二首はそれぞれニュースの映像に拠《よ》っているが、いずれも深い感銘を受けたのであろう。勝敗は個々の人生のさまざまな体験を思い起こさせるであろうから。第五首は谷村新司さんへの悼歌。昴は作品名に掛けた讃辞《さんじ》。

【佐佐木幸綱選】　十一月十二日

新蕎麦《そば》を食べに出かける奥出雲たたらの里はすぐ日が暮れる
（出雲市）塩田直也

新しき絨毯《じゅうたん》ひろげクロールの形に動く親子の手足
（大和高田市）石塚智恵子

夕暮れの町に降り来てさがす酒舗ひとりの山の終点とし て
（横浜市）黒坂明也

潮騒の浜辺に立てば処理水の放たれし沖はるけく光る
（茨城県）渡辺たかし

稲架《はざ》二列静かに立てり一面に緑のひこばえ伸びたる田圃に
（明石市）竹中紀久子

一分の間に頭かきむしり頭を下げて棋士は無冠に
（八王子市）額田浩文

酸素ボンベ引き摺り歩いて十箇月見掛けた同士は未《いま》だに一人《ひとり》
（川越市）西村健児

修繕の百三十戸高層を水迸《ほとば》せてまづ丸洗ひ
（広島市）金田美羽

教会を模す式場を本物の新婦の娘と腕組み歩く
（福津市）岩永芳人

犬好きと猫好きの友眼に見えぬ火花を散らすにこにこ顔で
（前橋市）荻原葉月

評

第一首、新蕎麦、早い日暮れ。いよいよやってきた本格的な秋である。第二首、新しい絨毯を喜ぶ楽しそうな親子。子供はまだ幼いのだろう。第三首、ひとり登山のしめくくりは、ふもとの町の飲み屋でゆったりと飲むひとり酒である。

【高野公彦選】　十一月十二日

哀しみの瞳をのせたロバの馬車ゆっくりゆっくり南へ動く
（鹿嶋市）大熊佳世子

ＡＩも兵器も進歩したけれど太古のままに人類は野蛮
（朝霞市）岩部博道

海を埋めミサイルを買い富士山が雪化粧する国に住みおり
（和泉市）星田美紀

子と我のページをめくるタイミング時々シンクロする秋の夜
（奈良市）山添聖子

人としていかに謙虚が大事かを二十一歳の棋士に教はる
（東京都）上田国博

八冠の趣味は普通に詰め将棋昔気質《むかしかたぎ》の職人みたい
（甲州市）麻生　孝

甥っ子がスマホおしえに来てくれるいそいそと炊く炊きこみご飯
（彦根市）今村佳子

ガラス窓磨き上ぐるが仕事ゆゑすまぬすまぬとメジロ葬る
（名古屋市）今出公志

とある日の歌壇切り抜きとっておくどの歌が好きか夫は知らない
（堺市）中井光世

数学が嫌いだけれどマイナスの二乗がプラスになるの大好き
（松山市）藤田敦子

評　一首目、爆撃を逃れ、ガザ地区の市民がゆっくり南へ退避する悲しい光景。二首目、人智《じんち》は進化を遂げても人類の野蛮さは消えない。三首目、日本の今を端的に言えば、の歌。四首目は〈読書の秋〉の夜の静けさを見事にえがいている。

【永田和宏選】　十一月十二日

時にまだ時にはもうと使ひ分け七十代は生き易きかな
（加東市）藤原　明

熱狂の人らが掴む号外にいつもどほりの藤井の笑顔
（鹿嶋市）大熊佳世子

天仰ぎ髪かき毟《むし》り失着を悔やむ永瀬の無念もドラマ
（浜松市）松井　恵

僕だって一手の読みを誤って結婚したが今は幸せ
（海南市）樋口　勉

信じれば夢は叶うと信じてた鉱石ラジオが歌ってた空
（神戸市）松本淳一

「罪と罰」「戦争と平和」「赤と黒」シンプルだったな我らの青春
（大和郡山市）四方　護

暮れてゆく秋の夕べは寂《しづ》かなり人は無口で足早となる
（横浜市）滝　妙子

廃屋の門扉に絡んで実を付ける鵯上戸《ひよどりじょうご》の鮮やかな紅《あか》
（川越市）西村健児

ヘジャブ被《き》ぬモハンマディ氏の顔写真に添えられている夫提供の文字
（高松市）桑内　繭

偉大なる神が殺せと人に言いそれを信じる人の不可思議
（神戸市）安川修司

評　藤原さん、そう七十代は気の持ちよう。「まだ」がいいかな。藤井・永瀬の大逆転ドラマを双方から捉えた大熊さん、松井さん。それに乗っかってちゃっかり言ってしまった四首目、樋口さん、大丈夫？　鉱石ラジオと二項対立の時代を詠《うた》う松本さん、四方さん。

【佐佐木幸綱選】　十一月十九日

鰯雲朱《あけ》に染まりて若狭湾上空一面祭りの如し

（舞鶴市）吉富憲治

秋空にガーゼのような雲ながれ水鳥気分でカヌーにうかぶ

（大津市）深堀英子

いくどとなく「チャンピオン」歌ひ耐へてきた営業成績不振な時を

（匝瑳市）椎名昭雄

校長の願いで「いい日旅立ち」を歌いし日あり母ら胸張り

（飯田市）草田礼子

コスモスの畑に向かふ十台の車椅子にはそれぞれの秋

（熊谷市）松葉哲也

田で餌を啄む五羽の朱鷺《とき》飛びぬ紅の羽は夕陽に溶ける

（熊本市）田川　清

熊避けの鈴を小さく振りながら新聞配達去りてゆきたり

（岩手県）初森テル

ネズミ捕り六個並べて出荷米四十袋を守って二十日

（安中市）入沢正夫

空爆を逃れるガザの幼子のTシャツの胸にはキティちゃん

（藤沢市）朝広彰夫

家中の窓に放水して流す網戸の汚れ夏との別れ

（神戸市）田崎澄子

評

第一首、若狭湾上空がまっ赤に染まる壮大な光景。大きな景色を大きくうたって、うまい。第二首、カヌーに乗っている場面。「水鳥気分」が楽しい。第三、第四首、谷村新司追悼の作が多くあった中の二首。多くの人に愛された歌だった。

【高野公彦選】　十一月十九日

あちこちの壁に当たりて向き変えるルンバのごとき総理の施策
（観音寺市）篠原俊則

葬り終へ喪服の袖にふるさとの金木犀《きんもくせい》の匂ひ残れり
（箕面市）大野美恵子

気付かれぬ長き時間を思いけり金木犀の咲けば馨れば
（我孫子市）松村幸一

高級なナイキのシューズ遂に買う廃線ハイクに心逸《はや》らせ
（安芸高田市）安芸深志

硫黄島は東京都　本を読みて知るいまも還らぬ兵士一万人
（町田市）山田道子

美しき民謡の国ロシアの地いただきになぜプーチンがいる
（東京都）西垣郁子

青天に飛行機雲がクロスしてガザでは今日も犠牲者数多《あまた》
（高崎市）小島　文

四字熟語「喜怒哀楽」になき「憎《ぞう》」が争いもたらしまた「憎《ぞう》」を生む
（沼津市）山本昌代

アンケート回答欄の性別に「男性」「女性」に「その他」加わる
（市川市）末長正義

褒められし南部鉄器のすき焼き鍋おりおり使い五十年過ぐ
（小郡市）嘉村美保子

評　一首目、比喩が面白くて的確。二首目、いい香りだが、今回は悲しみを帯びた香り。三首目、開花時の芳香だけを賞賛《しょうさん》される金木犀にちょっと同情する気持ち。四首目、廃線をハイキングする楽しみのために歩きやすい高級な靴を購入。

【永田和宏選】　十一月十九日

おきなはの判決記事にたしかめる疲労のふかき知事のよこがほ
（北九州市）嶋津裕子

マヨネーズに楊枝を立てて驚いた辺野古の杭も同じだろうか
（長野市）関　龍夫

風呂なんて入れる訳がないだろな飲む水さえもままならぬガザ
（五所川原市）戸沢大二郎

２２０万人が住むガザ地区にトラック20台の物資が届く
（寝屋川市）今西富幸

壁薄き下宿ラジオを耳に当て一人アリスを聴いていた夜
（観音寺市）篠原俊則

蒼白き頬のままかとわれわれに問い星となりしか谷村新司
（仙台市）沼沢　修

真実を語れる人が世を去った後に始まる「聞き取り調査」
（東京都）上田結香

専攻は素数論なる娘婿阪神ファンでラーメンが好き
（東京都）庭野治男

終活に孫に病に花が咲き介護に触れぬ女子会の機微
（札幌市）田巻成男

手を伸ばしフランスデモしたあの頃の私の、この国のすがたはいずこ
（藤沢市）谷平弘道

評　冒頭嶋津さん、関さん、世界のニュースに目を奪われがちだが、沖縄問題からも目を逸《そ》らさぬように心がけたい。戸沢さん、今西さん、難しいが、ガザ地区の窮状をどのように自分のこととして詠えるか。篠原さん、沼沢さん、谷村新司の死も、自己の体験と重ねて。

【馬場あき子選】　十一月十九日

ホタテガイの解剖をする白衣の子海の匂いの生物教室
（奈良市）山添聖子

干涸びた象の赤ちゃん横たわる地球の異変など知らぬごと
（神戸市）植村佳子

啄木の悲しみ照らす昴には新司の歌が流れておらむ
（柏市）菅谷　修

この子らが泣くためだけに生れしとは思いたくなきガザの映像
（観音寺市）篠原俊則

子狐は樺太鱒と格闘す鱒を狩らねば冬は越されぬ
（津市）中山道治

布団干しした夜の子らは犬のごと太陽の匂いクンクン嗅ぎぬ
（さいたま市）秋間由美子

福島の鰈《かれい》が値引きの棚にある三割引きのシール貼られて
（長野市）関　龍夫

高校を終り六十余年経ちB組だった女《ひと》とお茶飲む
（新潟県）涌井武徳

栄養のある牧草を食べ尽くす牛より鹿の数多き牧
（前橋市）荻原葉月

黄落の中からぬっと牛の顔飛び出してくる秋夕焼けに
（厚木市）北村純一

評　第一首のホタテ貝の解剖というのは珍しいが、大きな貝柱を中心に目や触手などもある。海の匂いが広がる教室も面白い。第二首はアフリカなどで眼にする渇水期の異変。第三首は「昴」の歌詞に啄木の歌が引かれている。

【高野公彦選】　十一月二十六日

駅ピアノにショパン弾きたるイスラエルの青年は今ガザを撃てるや
（秩父市）畠山時子

☆腕に名を書かれなければならぬ理由《わけ》ガザの児は知る誰言わずとも
（堺市）芝田義勝

世界中女性がトップになるならば戦争なんてする国はない
（町田市）高梨守道

黒人の女性の歌うSUKIYAKIを独房に聴く甘き憂鬱
（アメリカ）郷　隼人

一万年縄文人は野に暮らし核の世われらはあと何年生きる
（門真市）前田喜代美

行かずが上《じょう》、日帰りは中《ちゅう》、泊まるは下《げ》　訪問マナー祖母に教わる
（千葉市）山口麻理

庭の紫蘇《しそ》花は天ぷら葉は薬味実は塩漬けに余さず使う
（横浜市）人見江一

蝶《ちょう》の影蝶を離れて命あるものの如くに路上に弾む
（鴻巣市）松橋雅実

断捨離し残せし一冊携へてあの世で読まむ「悪魔の辞典」
（沖縄県）和田靜子

多読より味読がだいじと言ひ訳し古るる眼《まなこ》と脳《なづき》いたはる
（さいたま市）松田典子

評　一首目、良さそうな青年だったが、今ごろ出兵してガザを撃っているのか、と。二首目、理由は子供でもすぐ分かる。三首目、戦争のない世の中を願いつつ、ふとひらめいた想像を詠む。四首目、久しぶりの郷隼人さんの作品。

【永田和宏選】　十一月二十六日

まだ書けぬ己が名腕に記さるをガザの幼は見つめておりぬ　（中津市）瀬口美子

乳のみごの服を鋏で切りひらきガザの医師団オペをはじめる　（稲沢市）伊藤京子

モザイクがかかって見にくい物体が遺体だと知るまでの三秒　（五所川原市）戸沢大二郎

☆ラジオよりキュー・サカモトのＳＵＫＩＹＡＫＩが突然流れ来日本を想う　（アメリカ）郷　隼人

泣きながらぎゅっとどんぐり握ってた少年のまま七十超える　（浜松市）久野茂樹

食草から一メートルほど移動して幼虫いつしか蛹《さなぎ》になりぬ　（仙台市）小室寿子

三メートル四方に増やしたフジバカマ旅の途中の蝶は訪ね来　（松阪市）こやまはつみ

チバニアン磁気反転の地層立つ養老川の水の清かり　（東金市）山本寒苦

税下げりゃ支持率上がると思うとはナメられたものよ我ら主権者　（朝霞市）岩部博道

ミャンマーの少年は地雷を踏んだと比喩ではなくて本当に踏んだ　（東京都）福島隆史

評

冒頭の瀬口さん、伊藤さん、戸沢さん、死を前提として腕に名を書かれる幼な、服を切り裂いて為《な》されるオペ、そしてモザイクの中のリアルな遺体。メディアを通じてではあるが、直接目にする光景の迫力が凄《すさ》まじい。久しぶりの郷隼人さんの投稿が嬉しい。

【馬場あき子選】　十一月二十六日

怪我の子を抱きて「神よ」と叫びつつ瓦礫《がれき》のなかを走る父親
（観音寺市）篠原俊則

腕に名を油性のペンで書かれつつ父親の顔覗くガザの子
（堺市）芝田義勝

原爆の実相伝える資料館十四言語の音声ガイド
（東京都）佐藤研資

☆ラジオよりキュー・サカモトのＳＵＫＩＹＡＫＩが突然流れ来日本を想う
（アメリカ）郷　隼人

洒落た街東京銀座も今は昔百均店に外国人集う
（大和郡山市）宮本陶生

画面から室堂平で鳴り響くピアノの音色聞こえくる朝
（石川県）瀧上裕幸

逆立ちで柱をつかみ産卵す大カマキリが目で威嚇する
（島根県）大野重子

「クマっぷ」はかわいい名だが恐ろしき熊出没を示す地図なり
（富士市）村松敦視

日本では「うさぎ」に見える月の模様インドでは「ワニ」モンゴルは「犬」
（戸田市）蜂巣厚子

乳幼児学級の子等駆け回る柔道場の畳の優しさ
（関市）武藤　修

評　毎日のように映像で報じられるガザ攻撃の状況。その中から戦争の悲惨な現実を永遠に訴え残そうとする歌が沢山《たくさん》投稿されている。第一、第二首はその中から選んだ。第四首はアメリカの刑務所から。久しぶりの投稿に安堵《ど》。

【佐佐木幸綱選】　十一月二十六日

宝石を拾ったようなこころもち白寿を過ぎしひと日ひと日は
（我孫子市）松村幸一

天平《てんぴょう》の赤き錦の幡《ばん》のなか対の鴛鴦《おしどり》花銜《くわ》えおり
（箕面市）大野美恵子

涙目の少女に会いに青森へ惜しくはなかった弾丸ツアー
（下呂市）河尻伸子

☆腕に名を書かれなければならぬ理由《わけ》ガザの児は知る誰言わずとも
（堺市）芝田義勝

『日本産ゴキブリ全種図鑑』とふ書名妖しき呪文のごとし
（八尾市）水野一也

かわいいというイメージが崩れ去りクマさんの絵を描けないでいる
（横浜市）菅谷彩香

猪が大通りへとやってきて街と森とが不意に近づく
（宇都宮市）渡辺玲子

若者はやはりとやかく言われてる五十年前の「暮しの手帖」
（宝塚市）小竹　哲

扇風機しまえばそこにぽっかりと誰かが座っていたような跡
（秦野市）三宅節子

顔付きは民主主義でも背中には教育勅語が貼りついていた父
（福山市）岩瀬順治

評

第一首、一〇〇歳目前の心境をうたう短歌は、ほとんどまだつくられていない。一日一日を大切に作歌を続けてほしい。第二首、奈良国立博物館で開催された「正倉院展」、第三首、青森県立美術館で開催中の奈良美智展に取材した作。

【永田和宏選】　十二月三日

二人して烏瓜の花を見にゆこう君が僕を忘れてしまうその前に　（東村山市）内海　亨

兵十はまた失ってしまったよ青いけむりはごんのたましい　（奈良市）山添聡介

☆カモミールティーを包み込むときの手よまだ愛があるみたいじゃないか　（春日井市）福島さわ香

警官も飛び込む人もロープ付き浮輪を投げる人も虎ファン　（町田市）高梨守道

われしかり家族も会社も国連もダブルスタンダードにて成りてをり　（白井市）本山正明

エルサレム・中東教区のＭＥＳＳＡＧＥ《メッセージ》「呻《うめ》き」という語は直ぐ分かりたり　（姶良市）矢野敬一郎

☆看護師が赤ちゃん言葉になつてゆく程度で病の重さを計る　（生駒市）辻岡瑛雄

☆品薄のどんぐり求め買い出しに行ったつもりの母親の熊　（明石市）浅野伸子

☆ハロウィンの帰りにママと手をつなぐ幸せそうな5歳のゾンビ　（吹田市）中村玲子

人間を脱いで向き合う日もありき困難校に勧めし頃は　（千葉市）愛川弘文

評　内海さん、「君が僕を忘れてしまうその前に」が悲しい。同じ事情を抱える方も多いだろうが、切ない歌だ。聡介君は新美南吉の「ごんぎつね」。「また」は母親に続いて「ごん」をとの意味だろう。福島さん、結句の歯切れの良さが魅力。

【馬場あき子選】　十二月三日

☆貴婦人のような心で行きました人生初のアフタヌーンティー
（富山市）松田わこ

☆カモミールティーを包み込むときの手よまだ愛があるみたいじゃないか
（春日井市）福島さわ香

☆看護師が赤ちゃん言葉になつてゆく程度で病の重さを計る
（生駒市）辻岡瑛雄

霜月の夕光のような寂しさを言わず別れきかの日の陸橋
（横浜市）井上優子

イスラエルの承諾なくばガザの民望む支援もしてはもらえず
（大和市）李　種太

コンパスを体で感じ南下するクジラの迷いなき鰭《ひれ》の揺れ
（横浜市）菅谷彩香

地歌舞伎の荒事役者痛風の持病もちたる公務員なり
（関市）武藤　修

山羊の乳ふくらみ草の色の眼に泪をためて寄りて来るなり
（市川市）吉住威典

☆さつまいもほりコンテスト一等のどんぐりの金メダルをもらう
（奈良市）山添聡介

にゅうせんのわたしのふで字はよみうりにねえねのたかはあさ日しんぶん
（大阪市）大阪小梅

評　第一首は最近話題になるアフタヌーンティーに初参加。高価なイギリスの午後のお茶会風。緊張もわかる。第二首は向かい合う二人のお茶の時。カップを包み込む手のやさしさに、まだ残る愛の温《ぬく》もりを見たような嬉しさ。

【佐佐木幸綱選】 十二月三日

『はだしのゲン』全十巻を借りてゆく高校生あり久しぶりなり （神奈川県）神保和子

☆ハロウィンの帰りにママと手をつなぐ幸せそうな5歳のゾンビ （吹田市）中村玲子

停学の生徒の家庭訪ねれば手品師の父鳩出しねぎらう （八尾市）吉谷往久

今東光《こんとうこう》の一人語りを一人聴く八尾図書館の静謐《せいひつ》な部屋 （八尾市）宮川一樹

鰤鮪鱈《ぶりまぐろたら》 鰰《はたはた》に鮫鮃鮟鱇《さめひらめあんこう》もあり冬の歳時記 （三浦市）秦 孝浩

先祖らは木に拠りて来し指物師、箸師、檜物師、桶屋、櫛挽《くしびき》 （東京都）上田国博

二年前アンパンマンに始めたる妻のピアノがガーシュウインを弾く （美唄市）寺澤和彦

夫《つま》タルト私甘露煮吾娘《あこ》おこわ意見分かれる栗の使い道 （北九州市）福吉真知子

子どもらの見せんリアクション思いつつ明日の手品の準備楽しむ （岡崎市）三上 正

X《エックス》もメールも電話も届かない山のいで湯にゆったり浸る （前橋市）松村公子

評

第一首、広島市の平和教育副教材から差し替えられて話題となった『はだしのゲン』。作者は図書館の関係者だろう。第二首、「幸せそうな5歳のゾンビ」がなんとも可笑《おか》しい。第三首、上句と下句のギャップにほのぼのとした気持ちになった。

【高野公彦選】　十二月三日

発声の練習になりそうな名の楓《かえで》 蘇芳染螺鈿槽琵琶《すおうぞめらでんのそうのびわ》
（奈良市）山添聖子

☆品薄のどんぐり求め買い出しに行ったつもりの母親の熊
（明石市）浅野伸子

漱石も驚きおらん運転士不足の坊っちゃん列車の休止
（観音寺市）篠原俊則

翔平や聡太のごとく純粋で謙虚なヒーローよ出でよ政界
（近江八幡市）寺下吉則

四人が徴兵されて房《ぼう》の空き増える戦時下ロシアの刑務所
（横浜市）竹中庸之助

悪だけを殺す砲弾あらずして悪も明らかならざる世界
（八王子市）額田浩文

☆貴婦人のような心で行きました人生初のアフタヌーンティー
（富山市）松田わこ

完熟のトマトに魔法をかけるようモーツァルトの流れるハウス
（高崎市）上原安希

☆さつまいもほりコンテスト一等のどんぐりの金メダルをもらう
（奈良市）山添聡介

評　一首目、正倉院で宝物名を読みながら展示を楽しんでいる。二首目、熊には熊の事情がありそう、と。三首目、松山市の名物「坊っちゃん列車」が休止したらしい。四首目、共感する人が多いのでは？　九首目、金メダルおめでとう。

【馬場あき子選】　十二月十日

あなたかもあなたの子かも病院の床に転がされている赤子　（春日井市）伊東紀美子

なまず号「たのしかった」と燥《はしゃ》ぐ子を「遊びじゃないの」と諭す秋の日　（戸田市）蜂巣厚子

コンサート経団連の会館にきみはしずかに長靴で来ぬ　（大和市）李　種太

秋の陽の注ぐ飛火野公園にて乙女らスマホで鹿と遊べり　（奈良市）勝山小次郎

モーゼなき出エジプト記見るがガザ退避する民の列行く　（東京都）中島加略人

あれこれで通ずる日系夫婦でも子の教育には千語を交わす　（アメリカ）大竹　博

テロリスト数千人を殺したとああ胸を張りそう告げる人　（水戸市）檜山佳与子

のっぺりな一日の午後につきささる孫の「ただいま」そこだけ日本語　（アメリカ）ソーラー泰子

解禁の声高らかに響きゐてずわいはあかき湯気立ててゐる　（金沢市）前川久宣

☆新聞紙43回折ったなら月までとどくと知った秋の夜　（奈良市）山添聡介

評

生まれながらに、すでに母親を喪《うしな》った乳児たち、しかも激しい戦闘下で。ひ弱な命が、おむつひとつで転がされている写真を見たのだ。第一首はその時の悲痛な声。第二首は地震体験の「なまず号」の激震につい燥ぐ子供か。

【佐佐木幸綱選】　十二月十日

小春日のバルーン百機風に乗り地上のクルー車走らす
（小城市）福地由親

焼酎をストローで飲む父凄し手は震えるも眼《まなこ》は据わる
（熊本県）守田くみ

抜け殻は冷たくなりぬただ一度電柱に抱きついていた父の
（平塚市）北原直人

今日こそはと楽譜忍ばせ近づくもやっぱり素通りする駅ピアノ
（北九州市）福吉真知子

みみたぶの穴が消えたのアクセサリー禁止の職場五年目にして
（東京都）和田由紀

無口なるトンカツ屋の主その娘のクッキー買えば饒舌《じょうぜつ》となる
（仙台市）小野寺寿子

妻も子も腸《わた》より喰らふ秋刀魚なりさほど自慢の家風にあらねど
（日立市）加藤　宙

さざ波は川の消しゴム写りこむ逆さのビルの真ん中を裂く
（枚方市）細美哲雄

ブーゲンビリアと笑顔に満ちていた今はミサイル飛ぶエルサレム
（東京都）増田麻美

呼びあいて登校の児ら駆けてゆくガザにもあったはずの日常
（東久留米市）塩﨑慶子

評　第一首、「バルーン百機」の迫力。佐賀市開催の「佐賀インターナショナルバルーンフェスタ」に取材した作だろう。第二、第三首、今は絶滅したすさまじい昔ふうの父をうたう。第四首、駅ピアノをこうして素通りする人も多いのだろう。

【高野公彦選】　十二月十日

☆熊鈴をつけて下校児歩道ゆく令和五年の盛岡の秋
（盛岡市）福田栄紀

かいぼりに泥底さらす溜池のあっけらかんと生きてゆきたし
（神戸市）松本淳一

たのしみはだんだんオールひらがなのうたに漢字が増ゆるを見る時
（北九州市）白木典子

柿食へば病知らずと母の言ひ植ゑてくれたる柿の実甘し
（春日部市）土屋和子

柿を取る空の青さに深入りし一個一個を大切に取る
（熊谷市）内野　修

鹿の鳴く声聞いて入場を待つ時間も正倉院展のうち
（奈良市）山添聖子

町ひとつ呑み込みそうな虹立ちてテンション上がる夕餉《ゆうげ》の仕度
（安来市）山本訓枝

折れ時がわからなくなって長引いた優しい月が見ているケンカ
（富山市）松田梨子

喜びと悲しみのお面一瞬で付け替えキャスターはニュース読み継ぐ
（東京都）山下秀樹

ありがとうタイムカプセルの守りきし私の手紙私に届く
（上田市）永井陶子

評　一首目は「熊鈴」の語が、各地で発生している熊被害を照らし出す。二首目は「溜池の（ように）あっけらかんと」の意で、和歌の序詞《じょことば》という伝統的な手法を活《い》かした歌。三首目の作者は山添聡介君の成長ぶりを楽しんでいるようだ。

【永田和宏選】　十二月十日

数えないで一万人の一人には息子ハリドは私のすべて
（高山市）松井徹朗

四時間の戦闘休止ガザ地区の幼き子らの二十時間よ
（観音寺市）篠原俊則

☆新聞紙43回折ったなら月までとどくと知った秋の夜
（奈良市）山添聡介

落葉するときも落葉をしたあとも風に従うしかない落葉
（館林市）阿部芳夫

☆熊鈴をつけて下校児歩道ゆく令和五年の盛岡の秋
（盛岡市）福田栄紀

AとBに組み分けされてB組にされた我らの士気は上がらず
（春日市）横山辰生

「おかえり」と「おつかれさま」の言葉こそ全てだったと知るは亡き後
（蓮田市）斎藤哲哉

どっちみちどちらかひとりがのこるけどどちらにしてもひとりはひとり
（豊中市）夏秋淳子

しってるよさんたくろうすはぱぱとままないしょにしてねぱぱとままには
（東京都）青木公正

おじさんが挟んでくれたコロッケのパンが食べたい二浪のころの
（長野県）丸山志保

評　松井さん、数字にはして欲しくないという、ハリド君の母の悲壮な叫び。白シャツの子は真っ赤なシャツを着て掘り出された。篠原さん、四時間休止というが、それ以外の時間を空爆に曝《さら》される子供達。聡介君、ほんとだぜ、折ってみよう。

【佐佐木幸綱選】　十二月十七日

☆言語野に幽《かそ》けき花が一つ咲く息子が私を「お母《か》ん」と呼んだ
（戸田市）藤原真理

高倉健森繁久彌森光子行ってしまった霜月十日
（相模原市）荒井　篤

街なかの丸善に書を買いにゆく翡翠《かわせみ》色のクロスバイクで
（京都市）中川大一

御嶽《おんたけ》山に雲の降り来てゴンドラの右に左に走る稲妻
（名古屋市）木村久子

遠景に蔵王を据えて頂より白き絵の具を含ませてゆく
（岩沼市）相澤ゆき

山峡の鉄路を埋める落葉踏み仙山線は慎重に走る
（山形市）佐藤清光

山奥の狐ヒャーンと啼くけれど歌の中ではコンコンと啼く
（京都市）中尾素子

医療費が払えませんと泣く声に待合室はしんと静まる
（つくば市）山瀬佳代子

ひよどりがみずきの実を喰う雨の朝娘は小さく「ウザ」と呟く
（東京都）阿部真幸

呼出しの運ぶ大きな座布団も力士の尻の下では小さし
（八尾市）水野一也

評　第一首、重度知的障害の息子さんが二十五歳になって、初めて母である作者を呼んだ場面という。第二首、三人はみな、十一月十日に他界した。第三首、梶井基次郎の小説『檸檬《れもん》』の舞台として知られる京都丸善をクローズアップして印象的。

【高野公彦選】　十二月十七日

国会も熊の被害もガザ地区もテレビは映し木枯らし一号
（町田市）山田道子

☆麻酔なくスマホのライトにメス握る医師の腕には包帯巻かれ
（中津市）瀬口美子

愛犬の相手しながらＯＨＴＡＮＩは質問にこたふこれも二刀流
（三鷹市）坂本永吉

助手席の隙間に残る枯れ紅葉急いで去りし秋の抜け殻
（尾道市）森　浩希

歯医者にてオフコースの曲流れ来て昔を旅する口開けたまま
（京都市）赤見坂千春

老犬に引かれ老人歩みゆくふたつの影を包む夕光
（福島市）美原凍子

角打ちの酒屋も湯屋もなくなりて表情薄き冬の町並み
（観音寺市）篠原俊則

朝早くチェーンソーの音聞こえ来る後継者なき林檎園より
（五所川原市）戸沢大二郎

帰り道目が追っていたマッシュへア音信不通の君を探して
（朝霞市）岩部桃香

右手より冷たい母の左手を揉《も》んであげたり擦ったりしたり
（八千代市）砂川壮一

評

一首目、社会でさまざまな事が起こり、そして季節も移り変わる。まさに現世は生生流転。二首目は、過酷な現実に向かい合うガザ地区の病院内の光景。三首目、大谷翔平はインタビューを受ける時も二刀流、という楽しい歌。

【永田和宏選】　十二月十七日

渓に入り小さな橋にかかるとき約束していた颪と出会えり　（神戸市）山下正弘

まっくらになっていく間のゆうぐれをつけもの石のようにこらえる　（新潟市）太田千鶴子

刹那なる極楽の夢覚めたれば浦島太郎に召集令状　（柏市）藤嶋　務

保育器を出されしガザのみどりごの生は緑布の温みのもつ間《ま》　（水戸市）中原千絵子

名付けられ名前で呼ばるるはずだったガザの未熟児その後の映らず　（八王子市）額田浩文

平和しか知らない子たち戦《いくさ》しか知らない子たち皆ママが好き　（日田市）石井かおり

七五三詣の宮の木漏れ日に母のある子と子のある母と　（神戸市）松本淳一

哀愁と郷愁湛《たた》え汽車が行く夜のサリナス大平原を　（アメリカ）郷　隼人

諦めといふ甕《かめ》からは何も出ぬ底から雲を眺めてもよい　（岐阜市）後藤　進

二対一これが我が家の民主主義妻と娘がいつも勝つんだ　（郡山市）寺田秀雄

評　山下さん、太田さん、どちらも感覚の冴《さ》えた歌。歌は意味だけではないと実感させる。藤嶋さん、そんな時代がすぐそこまで来ているか。中原さん、額田さん、ガザの新生児たちの受難は戦争の愚かさと酷《むご》さの象徴。十首目寺田さん、民主主義は常に正義か?!

【馬場あき子選】　十二月十七日

あたたかき赤児を抱けばガザに果てしあまた幼の生命《いのち》切なし
（沼津市）佐々木みつお

☆麻酔なくスマホのライトにメス握る医師の腕には包帯巻かれ
（中津市）瀬口美子

☆言語野に幽けき花が一つ咲く息子が私を「お母ん」と呼んだ
（戸田市）藤原真理

身罷《みまか》りし父の出棺時雨《しぐれ》降る職人二人木遣《きやり》で送る
（東京都）尾張英治

何もかも裏目に出てしまったがメロスは今ただ走るのみなり
（広島県）中村竜哉

解体をする実家から我が家まで軽トラでそろり仏壇運ぶ
（東京都）村上ちえ子

瓦礫の山にポツンと残る観覧車ガザにはもう乗る親子なし
（京都市）森谷弘志

ジョン・レノンと西岡徳江お二人の今日は命日12月8日
（アメリカ）郷　隼人

カマキリの雌雄小菊の花にいて鎌をたためる秋陽のなかに
（館山市）大場ヤス子

外《と》つ国の青年の継ぎしおでん屋に隠しメニューのカレーが香る
（光市）永井すず恵

評　第一首は身近な乳児を抱き上げ、その温もりのいとしさから戦火の中に生まれてすぐ死を迎える赤児たちを思う。第二首も戦場の医師の苛酷《かこく》な現場映像に心を刺される。第三首は発語のおぼつかなかった息子の「お母ん」に感動。

【高野公彦選】　十二月二十四日

十一月三日は夏日だったけど三週間後の今日は初雪
（福島市）安斎真貴子

神さまもう許してあげてプリズンで閑《しず》かに歌詠む郷さん想う
（三鷹市）大谷トミ子

歌により罪赦《ゆる》さるる説話読み郷氏を思ふ叶はぬ願ひか
（朝霞市）岩部博道

「郷隼人」さんの名前に安堵してガザ、ウクライナへ視線を移す
（近江八幡市）寺下吉則

駆け込んで柿まるのまま丸齧《まるかじ》る女の若さ乗せバスは行く
（スイス）岸本真理子

山からは五キロ離れた我が家でも柿の木二本あれば恐ろし
（五所川原市）戸沢大二郎

揃えてたトイレのスリッパ駆け足の形に変わる孫の来た午後
（松山市）矢野絹代

ＭＲＩの中でも歌を詠むことはできると知った晩秋
（奈良市）山添聖子

法要に伯父が残した日記読むかすれた文字のラーゲリの日々
（安芸高田市）安芸深志

「エンディング」「終《つい》の」「一人の」我の今日借りて帰りし本の背表紙
（松山市）宇都宮朋子

評　一首目、あっと言うまに過ぎ去った今年の秋をリアルに表現。二首目〜四首目、今回は久びさの郷隼人さんの歌壇復帰（11月26日）を喜ぶ歌がたくさん寄せられ、これはその中の三首。五首目、柿はスイスでも賞味されているらしい。

【永田和宏選】　十二月二十四日

寝がえれば温《ぬく》みがそこにあるはずの夢の続きをまたも見ている
（焼津市）野沢たか子

八十年前にはありき招集が召集だった暗き時代が
（観音寺市）篠原俊則

民衆は殺し合わない　戦場で国に強制されない限り
（東京都）十亀弘史

大型で非常に強い勢力の軍国主義が接近中です
（東京都）冨永清美

人はみな己が逝きし日知らぬもの文明忌来るこれ開戦日
（大和郡山市）四方　護

冬眠中に建設工事の始まった亀の気持ちのＭＲＩ
（奈良市）山添聖子

心からいちばん遠くにある髪の毛先ばかりを気にする少女
（新潟市）野澤千恵

ブランコは巻き上げられて公園は雪捨て場となる春まで眠れ
（札幌市）橘　晃弘

木曜日アップルパイを君に焼く甘さ控えめ愛は重めで
（大阪市）菅波麻子

住吉は和歌の神ですこの名前筆名みたいとよく言われます
（札幌市）住吉和歌子

評　野沢さん、寝返れば常にそこにあった筈の温もりが、今はもう……。篠原さん、招くと召すの違いは大きい。招かれても行きたくはないが。十亀さん、あまりにも当たり前の事実、かつ真実。冨永さん、実感として受けとめている人も多い筈。

【馬場あき子選】　十二月二十四日

クルド人在留許可が少し下りる許可出ぬ家庭と溝は深まる
（朝霞市）青垣　進

暮れなずむ畑の鹿は竹林に翔びて真白き尻毛残せり
（沼津市）東川勝範

袴田さんの確かな筆跡崩れゆく長き独房暮らしの果てに
（鹿嶋市）大熊佳世子

畑の上明るき空に白き雲鷹柱《たかばしら》見ゆ風は希望か
（岐阜市）後藤　進

立札に「猫捨てるな」のその下でゴドーを待ってる三毛と茶トラは
（名古屋市）磯前睦子

「樹木葬、散骨できます」寂れゆくこのふるさとのための折り込み
（観音寺市）篠原俊則

かすかにも紅葉ふむ音させて寄る雀とパンを分かつしあわせ
（西宮市）澤瀉和子

スマホから作る料理がおもしろい生きる八十路《やそじ》に彩《いろどり》副える
（鴻巣市）今井君枝

ギンナンを一粒一粒殻を割り強飯《こわめし》炊けば秋は翡翠《ひすい》色
（須賀川市）近内志津子

渡り手をはじめてほめられた帰り駅で苺のアイスを食べる
（奈良市）山添　葵

評　第一首、日本で暮らすクルド人は難民として在留が認められるのを待っている。ごく一部に許可が出たことによって平等感が薄れる悲しみを見守る。第二首、真白き尻毛が印象的で可憐《かれん》。第三首、袴田さんへの思いが多く寄せられていた。

【佐佐木幸綱選】　十二月二十四日

ガザをうつすテレビは無臭　戦争は無臭ではない、無臭ではない
（川崎市）小暮里紗

屋根を打つ霰《あられ》の音よ夕暮れの道は見る間に白くなりたり
（秋田市）佐々木義幸

寒空にせっせと通うキャンプ場子よ熊避けの鈴は下げたね
（高槻市）藤本恵理子

カラマツの落葉は窓にも湯舟にも帰りの車のシートにも散る
（南相馬市）水野文緒

腹からの競りの声響きカンパチが箱をはみ出す土佐清水港
（熊本市）田川　清

縄跳びに初めて挑む幼子はこぶし握りて歯をくいしばる
（久喜市）白石由紀

湖東まで来て彦根城遠くから眺めて帰る弾丸ツアー
（横浜市）杉本恭子

マフラーを初めて買った沖縄の友はハチ公前でスキップ
（日田市）石井かおり

剪定終え樹形かわりし庭木々の整然として木枯しに立つ
（高松市）塩本宏子

壁叩き妻が二階へ合図する夫は床蹴り食事の交信
（習志野市）元杉紀雄

評

第一首、戦場を映すテレビ映像と実際の現場の決定的な差異は臭気だという。鋭い。第二首、作者が住む秋田市にいよいよやってきた冬本番である。第三首、今年のキャンプには熊対策が必須。下句、呼びかけの口語をうまく採用した。

朝日歌壇選者略歴

馬場あき子（ばば・あきこ）

１９２８年1月28日、東京都生まれ。日本女子専門学校（現・昭和女子大学）国文科卒。窪田章一郎に師事。78年「かりん」創刊。同年から朝日歌壇選者。歌集『葡萄唐草』で86年迢空賞、『阿古父』で94年読売文学賞、97年毎日芸術賞、２０００年朝日賞（作歌、著述活動と伝統文化継承にかかわる業績）などを受賞。日本芸術院会員、19年文化功労者。

最新歌集『馬場あき子全歌集』（角川書店）。ほかに『鬼の研究』（筑摩書房）、『日本の恋の歌』（角川学芸出版）、『寂しさが歌の源だから』（角川書店）など。

佐佐木幸綱（ささき・ゆきつな）

１９３８年10月8日、東京都生まれ。早稲田大学文学部卒。「心の花」編集・発行人。88年6月から朝日歌壇選者。

歌集『金色の獅子』で90年詩歌文学館賞、『瀧の時間』で94年迢空賞、『アニマ』で２０００年芸術選奨文部大臣賞、歌集『ムーンウォーク』で12年読売文学賞などを受賞。日本芸術院会員。

最新歌集『春のテオドール』（ながらみ書房）。ほかに『万葉集の〈われ〉』（角川学芸出版）、『佐佐木幸綱の世界』全十六巻（河出書房新社）など。

高野公彦（たかの・きみひこ）

１９４１年12月10日、愛媛県生まれ。東京教育大学国文科卒。宮柊二に師事、「コスモス」発行人。２００４年10月から朝日歌壇選者。

歌集『水苑』（砂子屋書房）で01年詩歌文学館賞と迢空賞、歌集『河骨川』（同）で13年毎日芸術賞を受賞。歌集『流木』（角川学芸出版）で15年読売文学賞受賞。『明月記を読む』上・下巻（短歌研究社）などで19年現代短歌大賞受賞。

最新歌集『水の自画像』（短歌研究社）。ほかに『わが秀歌鑑賞』（角川学芸出版）、『短歌練習帳』（本阿弥書店）、『北原白秋の百首』（ふらんす堂）など。

永田和宏（ながた・かずひろ）

１９４７年5月12日、滋賀県生まれ。京都大学理学部卒。ＪＴ生命誌研究館館長。京都大学名誉教授、京都産業大学名誉教授。高安国世に師事。「塔」選者。２００５年3月から朝日歌壇選者。宮内庁御用掛、宮中歌会始詠進歌選者。

歌集『饗庭』（砂子屋書房）で99年読売文学賞、『風位』（短歌研究社）で04年迢空賞と芸術選奨文部科学大臣賞、17年現代短歌大賞、『置行堀』（現代短歌社）で23年毎日芸術賞を受賞。

ほかに歌集『永田和宏作品集Ｉ』（青磁社）、『近代秀歌』『現代秀歌』（岩波書店）、『あの胸が岬のように遠かった』（新潮社）など。

あとがき

２０２３年もロシアによるウクライナへの軍事侵攻はやまず、10月にはイスラエルによるパレスチナ自治区ガザ地区への侵攻も始まった。朝日歌壇には前年に続き、年間を通して戦争を詠んだ歌が多く寄せられた。

一方、新型コロナウイルス感染症が5月、「5類」に引き下げられ、以前と同様、選者が朝日新聞東京本社の一室に集まり、隔週で選歌会を開けるようになったのは喜ばしいことだった。はがきを繰る選者たちの姿を間近で見ていると、ハッとしたり、おもしろがったり、常に新鮮な気持ちで投稿歌と向き合っていることがよく分かる。選んだ歌については口にしない決まりだが、闘病中の作者を気にかけたり、被災した地域の作者を案じたり、投稿者一人ひとりを選者は心にかけている。

11月には米国の獄中歌人・郷隼人さんから5年ぶりに投稿が届いた。

ラジオよりキュー・サカモトのＳＵＫＩＹＡＫＩが突然
流れ来日本を想う　（アメリカ）郷隼人

「元気でよかった」「お帰りなさい」……。長年の読者から復帰を喜ぶ歌や手紙が24年1月末現在、約１００通寄せられている。

「郷隼人」さんの名前に安堵《あんど》してガザ、ウクライナへ視
線を移す　（近江八幡市）寺下吉則

それぞれの作者の了解を得て、歌や手紙のコピーを郷さんに送ったところ、「涙がこぼれた」と年明けに返事が届いた。

互いに会ったこともない者同士が、短歌を通して心を通わせる。こうした瞬間に立ち会えたことは、担当者冥利《みょうり》に尽きる。新聞紙上で醸成された朝日歌壇の緩やかなコミュニティーを、多様な形でつなげていけるよう、ウェブ投稿の開始に向けて準備を進めている。１００年先を見据え、引き続き力を尽くしたい。

朝日新聞文化部「朝日歌壇」担当・佐々波幸子

朝日《あさひ》歌壇《かだん》2023

二〇二四年四月三〇日　第一刷発行

選　者　馬場《ばば》あき子《こ》　佐佐木幸綱《ささきゆきつな》　高野公彦《たかのきみひこ》　永田和宏《ながたかずひろ》

編　者　朝日新聞社

発　売　朝日新聞出版

〒一〇四―八〇一一　東京都中央区築地五―三―二

電話　〇三―五五四〇―七六六九（編集）

〇三―五五四〇―七七九三（販売）

印刷所　TOPPAN株式会社

定価は外函に表示してあります。

ISBN978-4-02-100317-2

落丁・乱丁の場合は弊社業務部（電話〇三－五五四〇－七八〇〇）へご連絡ください。送料弊社負担にてお取り替えいたします。

朝日俳壇

2023

朝日新聞社編

長谷川櫂
大串章
高山れおな
小林貴子
選